I0562698

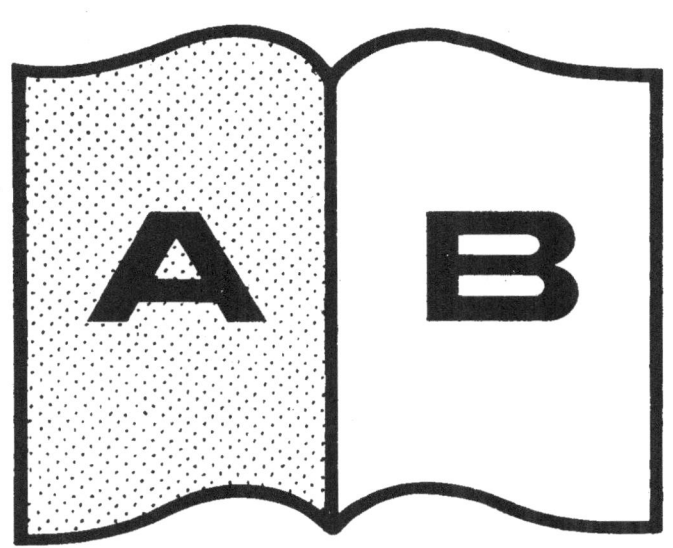

Contraste insuffisant

NF Z 43-120-14

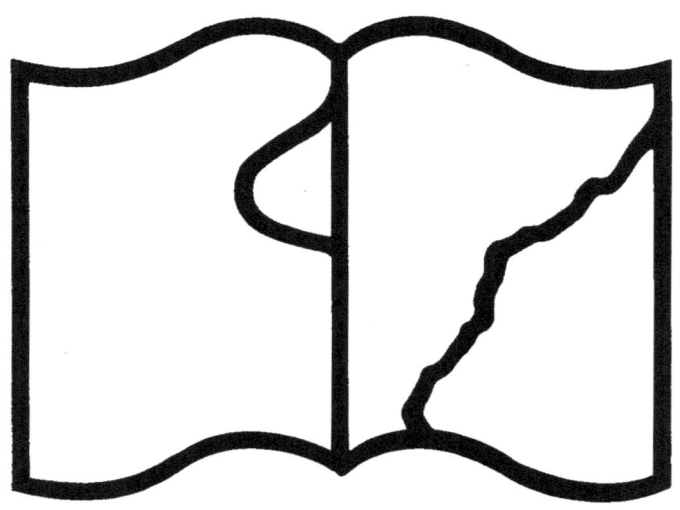

Texte détérioré — reliure défectueuse

NF Z 43-120-11

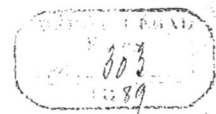

MARIE ALIX DE VALTINE

BELLE ET BONNE

HISTOIRE

D'UNE GRANDE FILLETTE

OUVRAGE ILLUSTRÉ

DE

NOMBREUSES COMPOSITIONS INÉDITES

PAR JANEL

PARIS

MAURICE DREYFOUS, ÉDITEUR

13, RUE DU FAUBOURG MONTMARTRE, 13

Par madame Dardenne de La Grangerie

BELLE ET BONNE

HISTOIRE

D'UNE GRANDE FILLETTE

Belle et bonne, telle était elle à treize ans.

MARIE ALIX DE VALTINE

BELLE ET BONNE

HISTOIRE

D'UNE GRANDE FILLETTE

OUVRAGE ILLUSTRÉ

DE

NOMBREUSES COMPOSITIONS INÉDITES

PAR JANEL

PARIS

MAURICE DREYFOUS, ÉDITEUR

13, RUE DU FAUBOURG-MONTMARTRE, 13

A JEANNE

M. A. DE V.

BELLE ET BONNE

CHAPITRE PREMIER

Si les anciennes maisons, comme les vieilles gens, gardent encore, avec le temps, la beauté des lignes, les maisons neuves, on en conviendra, ont pour elles quelque chose de sain et de brillant qui participe du charme de la jeunesse. Point de ces crevasses ou lézardes qui rappellent les rides; les murs des constructions nouvelles font penser à un épiderme très serré, sans taches ni défaut.

Les demeures d'autrefois sont larges et hautes; les plafonds élevés, les portes, les fenêtres, le vaste escalier semblent avoir été créés pour des géants.

Nos habitations modernes n'ont pas ces airs de palais, mais elles sont plus confortables; elles ne conviennent pas à la force, mais plutòt à notre délicatesse raffinée...

Le salon appelle la causerie intime; la salle à manger, avec son luxe d'argenterie, de vaisselle, de fleurs mêlées aux mets de la table, ôte à la gourmandise ce qu'elle a de grossier; la chambre à coucher est un nid, et l'on s'y délecte en dormant, comme dans la baignoire du cabinet de toilette, on est heureux de se sentir entouré d'une eau tiède et parfumée.

La maison du comte de Varanville venait d'être achevée, et les ouvriers y avaient attaché, à la hauteur des girouettes, un bouquet de fleurs et de feuillage qui semblait être là comme un symbole d'espérance et de bienvenue pour ses futurs habitants.

Bientôt les tapissiers succédèrent aux maçons et peintres en bâtiment, et l'on entendit, à peu près comme dans une forge, le bruit de joyeux marteaux; de gais Vulcains, moins noirs que le dieu mythologique, fixaient des tentures de soie et donnaient çà et là un coup de talon aux tapis récalcitrants qui s'obstinaient à former des plis et à ne pas vouloir rester tendus.

Et bientôt deux omnibus jaunes du chemin de fer amenèrent les Varanville, leurs gens, leurs bagages, et un chien épagneul devant le perron de cet hôtel particulier de la rue Cardinet, situé entre une cour pavée et un modeste jardin, où l'ombre était rare, et où les fleurs du marché de la Madeleine, négligées depuis la veille, appelaient l'eau de la ville, sous forme d'arrosage, par tous leurs pores desséchés.

Et ce fut une joie, un tumulte indescriptibles...

Chacun courut à son appartement et s'occupa de faire placer ses bagages dans sa chambre. Et les uns, sans vouloir d'aide, les autres en mettant à contribution l'obligeance de la gouvernante et le zèle affairé des domestiques, essayèrent un commencement d'installation.

C'est le moment de vous décrire cette famille de Varanville, très intéressante, à coup sûr, et très sympathique.

Nous commencerons par le comte Guy, le chef de la famille, type du gentilhomme châtelain et grand chasseur, très aimé et très regretté de tous ceux qui l'avaient connu dans sa terre de Normandie, qu'il venait de quitter, un peu étourdiment peut-être, pour venir se fixer à Paris. — Son cœur loyal, son cerveau plein d'illusions l'aidaient à voir la vie en rose, avec le prisme d'une rayonnante aurore, qui promet un beau jour.

Il méprisait avant tout les sceptiques, ceux qui ne croient à rien, et sont d'avance écœurés de la vue des humains, peut-être parce qu'ils se méprisent eux-mêmes, et font de « l'égoïsme raisonné » le guide et la loi de toute leur vie.

Lui, il croyait à l'honneur, au bien, à l'amitié, à tout ce qui est noble et généreux ; il avait le respect de la famille et l'adoration de tous les siens.

Son seul tort consistait à gâter un peu trop sa femme, à lui donner des goûts de luxe et des habitudes de dépense qui n'étaient pas d'accord avec les revenus de leurs fortune à tous deux.

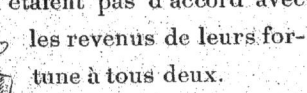

Dans son touchant aveuglement, il la trouvait d'une beauté surprenante. — A Paris, disait-il, Thérèse sera une des reines de la mode. De bonne foi, il s'imaginait qu'elle prendrait place dans la série des femmes qu'on remarque, tandis qu'elle devait se ranger dans le cadre infiniment plus large de celles dont on ne parle pas.

— « Elle est charmante »... Cette étiquette banale était la seule qui lui convînt. Les cheveux jaunes plutôt que blonds, le teint fade plutôt que blanc; les sourcils rares, les yeux doux et endormis, ses traits et sa physionomie ne restaient pas dans la mémoire. Sa taille était haute, un peu carrée, et cependant malgré tous ces défauts, elle portait admirablement la toilette. Joyeux quand il la voyait très

parée, son mari la comblait de cadeaux, car son cœur s'in-
géniait toujours en délicates surprises.

Les enfants, au nom-
bre de trois, avaient
reçu une excellente
éducation, et ce
n'était pas au pre-
mier abord qu'on
pouvait s'aperce-
voir de leurs dé-
fauts. Philippe et
Henriette, les aî-
nés, paraissaient
mélancoliques, et
cette teinte grise
de leur caractère
s'accentuait sou-

vent jusqu'au noir de la tristesse, ennui dédaigneux chez
la jeune fille, humeur farouche et sauvage chez le jeune
bachelier, qui sortait à peine des disgrâces du grand écolier.

Le petit Louis, qu'on appelait Loulou, se montrait en
revanche, toujours gai ; on le gâtait et on l'aimait à tort et
à travers, et il savait, par sa grâce habituelle, se faire pardonner ses méfaits enfantins.

Ayant le privilège et la permission de tout dire, il ne
s'en privait pas plus que les bouffons des anciennes cours ;

le succès accueillait volontiers ses réflexions piquantes, et
la majesté maternelle ne s'en offensait jamais. La comtesse
se montrait aveugle de tendresse envers ce fils de huit
ans, à peu près comme son mari l'était envers elle.

Achevons cette nomenclature en y ajoutant le nom de
miss Sibyl Sullivan, l'institutrice. Elle déballait en ce moment dans sa chambre du second étage son nécessaire de
toilette en argent et sa boîte de peinture, les deux seuls objets auxquels elle tînt vraiment. L'un, cadeau de reconnaissance, venait de l'une de ses élèves, l'autre, véritable boîte
de Pandore, contenait peut-être l'espérance et le bonheur
pour elle, car Sibyl possédait un véritable talent d'aqua-
relliste. En dehors de son goût pour la propreté et de sa
passion pour l'art, miss Sullivan, personne aérienne et
impalpable, semblait vivre d'eau fraîche et de poésie, mélange plus admirable que celui du stout et du pale ale ; et
les beefsteacks dont s'engraissent ses compatriotes ne
semblaient pas faits pour elle. La malle de la gouvernante
ne recélait guère que deux robes et six chemises, premier
vêtement que les Anglaises ne nomment jamais.

La famille de Varanville dîna tard le jour de son arrivée,
et faillit même dîner sans lumières. Dans notre éloge des
maisons neuves, nous avons oublié de célébrer l'invention
du gaz, déjà dépassée par celle de la lumière électrique.
Par malheur les becs de gaz ne voulurent pas fonctionner ce
soir-là, et les lampes, qui auraient eu meilleure volonté,
furent aussi inutiles, car les domestiques n'avaient pas

encore fait provision d'huile. Deux bougies éclairèrent assez tristement la salle à manger ; malgré ce contre-temps, le repas n'en fut pas moins gai, tant la jeunesse aime le nouveau et l'imprévu.

Fatigués par leur voyage en chemin de fer, les enfants se couchèrent de bonne heure. Comme à son ordinaire, Mme de Varanville alla voir son cher Loulou dans sa nouvelle chambre, que le petit garçon préférait déjà à celle qu'il occupait à la campagne ; il la trouvait trop vaste, trop haute et s'y croyait perdu comme un caillou dans un tambour.

« Border » un enfant dans son lit est un plaisir qui succède à la joie de balancer un nourrisson dans son berceau, et l'affectueuse mère ne s'en privait pas.

Elle ne trouva pas Louis couché, mais debout dans sa longue chemise de nuit, et s'amusant à trotter sur le tapis.

La comtesse l'enleva dans ses bras, baisa sa chevelure blonde, ses gentilles mains rosées en dedans comme des pétales de rose, et ses pieds qui restaient potelés comme ceux d'un baby.

— Petite mère, lui dit Loulou, quand vous m'avez acheté au marché, pourquoi ne m'avez-vous pas choisi avec de grands pieds comme les vôtres et ceux de papa?

Thérèse de Varanville se mit à rire de la réflexion.

—Nos extrémités sont proportionnées à notre taille, mon fils, et de même que ton père et moi, nous serions fort laids si nous avions les tiennes, tu aurais l'air d'un petit

singe mal bâti si tu avais les nôtres. Allons, dors, Louis,
et ne nous éveille pas demain dès l'aurore; nous avons tous
besoin de repos, et en particulier, ces pauvres domestiques
qui ont eu toutes les fatigues du voyage et de l'installation,
ont bien droit à deux heures de sommeil de plus.

— Je dormirai sans avoir peur, fit le petit garçon. Il y a
un morceau de la lune au ciel. — Mais qui donc a mangé
l'autre tranche ?

On se leva assez tard le lendemain, rue Cardinet. A dix
heures seulement, lorsque M. de Varanville descendit,
son valet de chambre lui annonça la visite de l'architecte
de la maison, M. Desroches. Guy s'effaça devant la porte
et fit passer le visiteur au salon.

— Je vous dois bien des remerciements, mon cher monsieur, dit le comte après avoir serré cordialement la main
de Desroches. Ma demeure est fort bien aménagée, et ma
foi, je m'y plais comme un oiseau dans un bel arbre, et
comme une carpe dans un étang...

— Patience! interrompit l'architecte en souriant. Il n'y
a pas vingt-quatre heures que vous êtes installé, monsieur
le comte; vous n'avez pu découvrir encore les défectuosités, les inconvénients, tous les grincements de serrures
de cette construction probablement aussi incomplète que
le cerveau qui en a conçu le plan.

— Vous êtes trop modeste : vous avez du talent, et si
personne ne vous l'a dit avant moi, je suis bien aise d'être
le premier à vous rendre justice. Mais en attendant, que

La comtesse l'enlev.... dans ses bras...

je m'acquitte envers vous d'une dette de reconnaissance, je voudrais bien, matériellement parlant, payer ce que je vous dois. M'apportez-vous le compte de vos honoraires?

Gilbert Desroches pâlit légèrement comme un homme dont la délicatesse souffre dès qu'il lui faut aborder la question d'argent. Il tendit au comte Guy un mémoire qui n'était pas long et dont le total n'avait rien d'exorbitant, chose très surprenante, car les devis d'architectes font généralement concurrence aux notes d'apothicaires et de couturières à la mode.

M. de Varanville parcourut des yeux ce papier, et comme s'il se parlait à lui-même :

— Comment ! cinq pour cent seulement pour la rédaction des plans et devis, la conduite des travaux, la vérification et le règlement des mémoires ?... Puis il ajouta, — sur un hôtel qui a coûté cent cinquante mille francs, vous ne demandez que sept mille cinq cents francs pour vous ? C'est de la folie pure, et la plus rare, celle du désintéressement. Je manquerais de délicatesse si j'acceptais cet arrangement. Voici dix mille francs, ne protestez pas : c'est moi qui suis votre obligé.

Il tira des billets de banque de son portefeuille et les tendit à Gilbert Desroches ; celui-ci hocha la tête et rendit deux mille francs au comte.

— C'est trop, dit-il, je n'accepte pas une gratification, une récompense que je ne mérite pas. En défendant vos

intérêts avec les entrepreneurs, maçons, ouvriers de toutes
sortes, je n'ai fait que mon devoir d'intendant probe et fidèle; en donnant à votre demeure un aspect élégant et
artistique, j'ai contenté mon amour-propre avant de satisfaire votre goût. Où voyez-vous, monsieur, qu'il y ait du
mérite à cela?

— Je persiste à en voir, répliqua Guy gracieusement.

— C'est moi qui vous devrais une profonde reconnaissance, poursuivit Gilbert Desroches avec feu. Je végétais
avant de vous connaître, j'avais toutes les peines du monde
à gagner la vie des miens. A partir du jour où vous êtes
apparu dans mon pauvre logis sans fleurs et souvent sans
feu, les commandes sont venues; j'ai pu solder l'arriéré et
concevoir enfin quelque espérance d'avenir.

Le comte sourit; il se souvenait d'un logis où tout manquait, les rideaux aux fenêtres, les couvre-pieds sur les
lits, et surtout la nourriture dans les plats; il se rappelait
des campements étranges entrevus dans la matinée, matelas par terre, lessives séchant ou plutôt se figeant sur une
corde, tout l'attirail de la douloureuse misère.

— Si l'inquiétude n'est plus chez vous, j'ai peur qu'elle
ne soit entrée ici, dit M. de Varanville, avec un gros
soupir. — J'ai eu tort, avec un revenu de vingt-cinq mille
francs de me donner une si luxueuse habitation. Ma femme
désirait habiter Paris; l'éducation de nos enfants ne pouvait se perfectionner que là. Enfin! j'ai trois ans pour
achever de payer les entrepreneurs, n'est-ce pas?

— Oui, dit l'architecte, et je tâcherai qu'ils ne vous montrent pas trop les dents.

— J'ai encore une grâce à vous demander, cher monsieur, reprit Guy de Varanville. — Puisque vos affaires vont mieux, vous allez probablement déménager. Il y a au-dessus des écuries de cette maison, un petit appartement construit par vous, que je ne louerais que difficilement ; tel qu'il est, il se trouve plus grand que votre appartement actuel ; venez donc l'habiter avec femme et enfants.

— Volontiers, monsieur le comte, si le loyer que vous voulez en tirer n'est pas trop élevé pour moi.

— Rêvez-vous ? Quel revenu tirerait-on de cette bicoque ? Un appartement légèrement mansardé est aussi impossible à bien louer qu'une jeune fille légèrement contrefaite est difficile à marier. S'il n'est pas tout à fait confortable, prenez-vous-en à vous-même, monsieur l'architecte ! Allons ! dites oui, et vous me rendrez bien heureux.

Gilbert rougit, non par respect humain, mais en ressentant le vif plaisir que donne une affection qui s'offre, loyale, dévouée, serviable.

— J'accepte, avec le cœur, un don du cœur, répondit-il noblement, et il ne put en dire davantage, l'émotion le suffoquait.

— Vous aurez aussi la jouissance de notre jardin, continua Guy. — Je serai bien aise de voir votre chère femme y reprendre les couleurs de la santé. Mes enfants joueront avec les vôtres. On peut être fier lorsqu'on est devenu

l'ami de votre petite Giselle ; non seulement elle est ravissante, mais son caractère sérieux et sensible est très atta-
chant. — Allons, c'est dit, je vous attends à partir de demain.

— Vraiment, monsieur le comte, je suis bien indiscret
en acceptant la proposition que vous voulez bien me faire
après ce que vous m'avez dit de l'exiguïté de vos revenus.
Ce petit appartement vous eût rapporté au moins huit cents
francs.

— Nous en serons quittes pour louer plus cher les écuries, puisque je n'ai pas de chevaux, dit M. de Varanville,
en riant. — Vous voyez, il suffit de toucher le sol parisien
pour y devenir spéculatif et industrieux. Adieu et à
bientôt.

Ils se quittèrent enchantés l'un de l'autre. On a souvent
besoin d'un plus petit que soi, et Guy, qui ne devait pas
manquer d'amis à Paris, sentait le besoin d'avoir cet honnête homme près de lui, à portée du cœur, tandis que
Gilbert Desroches, de son côté, se laissait charmer par ce
gracieux Varanville, si exubérant de franchise et de
générosité. Il savait que la vie, combat incessant, nous
fournit plus d'occasions de nous dévouer que de rester
impassibles et neutres, cachés sous une tente, et il espérait
qu'un jour viendrait où il pourrait prouver son attachement au comte.

Dans le courant de la semaine, deux voitures à bras
suffirent à amener le mobilier boiteux de l'architecte dans

la cour de l'hôtel construit par lui. Et ce vieux mobilier,
blessé et en lambeaux comme la vieille garde, entra, moitié
par les portes, moitié par les fenêtres, car sans vouloir dire
du mal des architectes si près de M. Desroches, il faut bien
reconnaître qu'ils ne prévoient pas toujours les exigences
des déménagements et la brutalité des déménageurs.

Bientôt après, les quatre Desroches arrivèrent dans
une voiture de place qu'on avait retenue à cause de la
pauvre maman qui ne marchait plus. Elle avait à peine
quarante ans et déjà une hémiplégie paralysait tout son
côté droit. Elle s'en était un peu remise et se trouvait
moins malheureuse depuis que sa main ne tremblait plus :
elle pouvait tenir une aiguille et une plume, mais ses
jambes restaient aussi raides, aussi inutiles que si elles
eussent été enfermées dans une gaine de pierre. Pour la
monter au premier étage, son mari dut la prendre dans
ses bras et la porter comme un enfant.

Giselle et Fabien suivaient leurs parents. Devant la porte
cochère, ils virent un aveugle assis, une tasse d'étain sur les
genoux, un vieux chien à son côté. La petite fille mit deux
sous dans la sébile, et son frère qui tenait un gros livre
sous son bras, le posa vivement sur les genoux du mendiant.

— Tenez, brave homme, lui dit-il, ce sera pour vous
amuser. Il y a cinquante gravures dans ce volume, je les ai
comptées. Aujourd'hui, nous sommes tous si heureux : il
faut bien se souvenir de ceux qui ne le sont pas.

La grande sœur le regardait agir, sans mettre d'obstacle à

sa volonté, mais dès qu'on eut franchi la porte, elle gronda
cet imprévoyant de sept ans.

— A quoi pensais-tu donc, Fabien? Donner un livre
d'images à un aveugle, quelle folie! Pourquoi pas une lanterne?... Qu'en fera-
t-il?

— C'est vrai, j'ai
été stupide, répondit
le petit garçon. —
mais il a peut-être
un enfant comme moi
auquel les gravures
feront plaisir.

Quand on le gron-
dait, monsieur « Fa »
pleurait facilement.
Sa sœur dut le con-
soler et Mlle Desroches ne soupçonna même pas son chagrin.

On installa la mère de famille dans le meilleur fauteuil du
vieux mobilier et elle regarda son mari et sa fille qui dres-
saient les lits et accrochaient les petits rideaux. Elle leur
disait des paroles encourageantes et leur cachait son regret
de ne pouvoir les aider. Son doux sourire dissimulait
aux siens bien des souffrances et son regard devinait tout.

— Cela va mieux, disait-elle quand elle sentait son mal faire
des progrès et quand elle lisait l'inquiétude sur leurs fronts

Ah! comme elle aimait Giselle, qui, à l'âge de treize ans, la remplaçait au foyer, petite princesse, petite fée comme on en voit dans les contes merveilleux. Cendrillon le matin, touchant sans dégoût la poussière et les cendres du ménage, demoiselle savante dans la journée, car elle ne négligeait ni sa version d'anglais ni sa leçon d'histoire; avec cela, joueuse et gaie, mais redevenant grave et attentive dès que les siens avaient besoin d'elle.

Elle aimait passionnément Fabien; un enfant à protéger, quelle joie pour elle! et avant que celui-là vînt au monde, elle avait dit à sa mère avec sa naïveté de baby:

— Maman, donne-moi donc un petit frère à aimer... avec une éponge pour le laver...

Et quand elle tint ce jouet vivant dans ses mains, rien ne la rebuta, ni les maladies, ni les pleurs du nourrisson.

Belle et bonne! telle était Giselle à treize ans, moment où les fillettes ne sont pas toujours jolies ni agréables de caractère. Les fleurs n'ont pas d'âge ingrat, soit lorsqu'elles sont en bouton, soit lorsqu'elles s'épanouissent : Giselle ressemblait à un beau lys, et rien en elle ne pouvait pousser de travers, ni l'âme, ni le corps.

Le soir de leur installation, les Desroches dînèrent tant bien que mal avec de la viande froide, du pain et une galette achetée chez le pâtissier voisin. Quand vint l'heure du coucher, M. Fa demanda avec inquiétude si l'on avait déballé les veilleuses.

— Celle de maman, la tienne et la mienne sont préparées

2

répondit vivement Giselle. Il y a de quoi faire une petite
illumination.

— Est-ce que, par hasard, tu aurais peur la nuit, demanda
M. Desroches avec indignation.

Une des faiblesses de M. Desroches consistait à vouloir
transformer son fils en « homme fort », en véritable Ro-
main, disait-il. L'excellent homme avait tellement désiré
être militaire ou marin, aller baïonnette en avant à l'assaut
d'une forteresse ou sur un vaisseau de guerre à l'assaut
des hautes vagues, qu'il n'imaginait rien de meilleur qu'une
dangereuse carrière pour son petit garçon. On avait contrarié la vocation de M. Desroches, il battait en brèche, à
son tour, toutes les aspirations de son héritier présomptif.
Aussi le gamin qui connaissait l'art de flatter son père, avait-
il obtenu autrefois la veilleuse dans sa chambre en disant
qu'elle lui rappelait la lumière d'un phare, et le brave
homme, dupe de la ruse, accorda la tour de porcelaine.

Lorsque Giselle rentra après avoir mené son frère dans
sa chambre, elle vit M. Desroches qui comptait des billets
de banque et les enfermait dans un coffret, acheté récem-
ment. La première somme importante que l'on gagne n'é-
veille-t-elle pas aussitôt le désir de posséder un coffre-fort?

C'était la première fois qu'on voyait tant de bank-notes
chez les Desroches. La fillette, étonnée, demanda à regarder
et à palper un de ces feuillets bleus; son père le lui permit,
et lui fit admirer les deux femmes robustes si admirablement dessinées par Baudry.

— Grâce à mon bienfaiteur, voici le commencement de ton avenir et de celui de Fabien, ma fillette, dit-il en passant sa main dans la chevelure blonde de Giselle. Et puis, lis au bas du billet cette maxime, elle est bonne à retenir : — La sagesse fixe la fortune. Oui, chérie, les biens de ce monde ne sont rien, si la sagesse ne sait pas en faire usage.....

CHAPITRE II

Les veilleuses en usage dans la famille Desroches avaient
depuis longtemps épuisé leur huile lorsque Giselle sauta à
bas de son lit. La porte de communication entre la chambre
de sa mère et la sienne restait ouverte habituellement : elle
jeta un regard de tendre sollicitude à sa chère malade :
celle-ci dormait avec cette rigidité effrayante des gens
paralysés ; des cheveux prématurément gris encadraient
son visage fatigué, vieilli par les soucis ; cependant, le
repos paraissait lui faire du bien, et sa respiration était
calme, il n'y avait donc pas lieu de s'inquiéter.

La jolie fillette se demanda alors par quelle besogne elle
allait commencer cette matinée ; l'emménagement n'était

pas terminé, si déjà quelques meubles se trouvaient à leur poste ; il fallait donc ranger le linge et les vêtements dans les armoires. Un bruit léger, un frôlement de tenture lui fit oublier, en un instant, toutes ses préoccupations. de sérieuse ménagère. Un point noir lui apparut dans sa chambre, derrière le rideau de mousseline blanche de la fenêtre.

— Serait-ce une chauve-souris ? Comment aurait-elle pu entrer ici ? se demanda la petite fille.

Elle se rapprocha avec précaution du point noir qui ne bougea pas. En se soulevant sur la pointe des pieds, elle découvrit une hirondelle accrochée par les pattes à son rideau. Le cœur de l'oiseau battit bien fort : ses petits yeux avaient mesuré la mer et le ciel, mais la vue d'une petite fille lui causait plus de terreur que l'insondable et que l'infini.

En une seconde, Giselle escalada une chaise sur laquelle elle put dresser une pile de cahiers de musique ; elle s'empara de l'hirondelle et lui fit une chaude prison de sa gentille main.

— Pauvre bête, elle a froid, dit-elle. Il a plu toute la nuit dernière, je crois ; elle aura eu peur, et voyant une fenêtre entr'ouverte, elle se sera réfugiée chez nous. J'ai partagé ma chambre avec elle sans m'en douter. Allons la porter à papa.

Elle trouva son père dans la salle à manger, où il travaillait déjà à ses lavis d'architecte sur de grandes planches

que ses enfants appelaient gaiement ses planches à repasser.

— Regarde ma trouvaille, papa. Quel charmant oiseau !
avec son bel habit noir et son gilet
blanc, il a l'air d'un monsieur en
tenue de soirée. Devrons-nous lui
acheter une cage, ou simplement lui
ouvrir la fenêtre en lui souhaitant bon
voyage ?

— Oui, ce serait le meilleur parti
à prendre, murmura l'architecte en
allant baiser la petite tête noire qui
émergeait des doigts roses et formait
un contraste à côté de la joue délicate
de sa fille. Donne du pain à cette
voyageuse inattendue et rends-lui la
liberté. C'est un heureux présage que
sa venue parmi nous. J'ai souvent entendu dire à des paysans que l'entrée

subite d'une hirondelle dans une maison, apportait le bonheur à ceux qui l'habitent : la même superstition existe
relativement à son nid lorsqu'elle le suspend sous notre
toit.

— Vraiment, papa ?

— Oui, je crois que cette gentille messagère m'annonce
toutes les joies d'amitié que je goûterai auprès de la famille
de Varanville. Allons ! quittons-nous, petite, puisque tu es

trop fière pour accepter une autre hospitalité que celle
qu'on trouve à la belle étoile...

— Papa, ne la chassons pas avant de l'avoir montrée à
Fabien, interrompit Giselle.

— Je le veux bien, répondit M. Desroches. J'espère que
M. Fa est levé et qu'il rédige le résumé de la bataille d'Austerlitz : il me le promet depuis huit jours. Mon fils est
d'une paresse rare. Il faut pourtant l'habituer au travail,
car il ira au collège l'hiver prochain.

Giselle suivit son père tout en faisant manger sa prison-
nière.

Fabien travaillait dans le salon, ou du moins il avait
devant lui des instruments de travail, une table, un encrier,
des plumes, un cahier blanc, enfin, un gros volume relié
du « Consulat et l'Empire ». Sans vouloir nuire à la répu-
tation de l'historien qui a écrit ces gros volumes, nous
sommes forcé d'avouer que le petit garçon dormait sur
ce clair et palpitant récit, et même, le livre ouvert lui servait d'oreiller.

— Debout, monsieur ! cria le père de famille, comme
s'il eût été forcé de sonner la diane au régiment. — Comment un devoir aussi intéressant peut-il vous engourdir à
ce point ?

— Je ne peux pas m'en rendre compte, papa, répondit
M. Fa, très sincèrement confus.

— Vous vous permettiez de jouer aux billes au lieu
d'écrire ce résumé ?

Ne reconnais-tu pas les personnages des *Contes* de Perrault?

Fabien baissa les yeux, décidément pris en faute.

— Le tiroir de cette table contient d'autres joujoux, je parie. Reculez-vous, je vous prie.

Le petit garçon se mit docilement loin de la table, et son père ayant mis au jour le tiroir, découvrit dans cette cachette une tire-lire verte, une poupée, un jeu de soldats de bois, peints artistement, joujou d'importation étrangère. Le jeune Desroches avait affublé de bonnets de coton tout le régiment.

— Que vois-je ? dit l'architecte ; une poupée habillée en fille ! Qui vous l'a donnée ? Est-ce là un jouet de garçon ? et quelle est cette ambulance ?

— Ma poupée s'appelle Giselle, répondit Fabien en tremblant, je l'ai achetée avec le premier argent de ma tire-lire. C'est pour moi la petite sœur qui reste à la maison quand l'autre est sortie. Ne me grondez pas... et quant à mes soldats de *plomb* en *bois*, si je les habille ainsi, papa, c'est parce que je me figure qu'ils sont blessés ; je les soigne et je suis heureux de leur être utile.

— C'est un bon sentiment, assurément, seulement, avec ces dispositions-là, monsieur Fa, s'écria le père singulièrement radouci, vous ne serez jamais général, vous vous contenterez d'être pharmacien.

— Ne pourrais-je devenir médecin, papa, avec votre consentement ?

M. Desroches garda le silence, visiblement contrarié dans ses projets d'avenir pour l'héritier de son nom, et

Giselle profita de ce silence un peu froid pour faire intervenir l'hirondelle. Celle-ci continuait ses tentatives d'évasion
et ne pouvant limer les barreaux de sa prison, elle se contentait de donner de légers coups de becs à la main qui la
tenait enfermée.

— Faut-il lui rendre la liberté, mon frère ? On dirait
qu'elle en a soif, car elle se démène comme une possédée.
Papa vient de m'apprendre que cet oiseau porte bonheur à
la maison où il se réfugie, devons-nous le garder malgré
lui ?

— Il serait mal d'être heureux en faisant le malheur d'un
autre, fit observer l'architecte. Fabien ouvrit la fenêtre. —
Papa a raison, dit-il. Adieu, *madame l'Oiseau*, permettez
que je vous embrasse comme si nous étions au jour de l'An.
Si vous vous souvenez de l'endroit où vous avez laissé vos
petits, vous leur direz bien des choses de ma part !

L'oiseau partit. Fabien, avec un gros soupir reprit la
bataille décrite par M. Thiers, où il l'avait abandonnée,
c'est-à-dire à la première ligne ; l'architecte retourna à ses
lavis, et Giselle à ses occupations de ménage, d'autant plus
importantes, ce matin-là, qu'on inaugurait une domestique,
auxiliaire utile, dont la famille Desroches se passait depuis
bien des années.

Aussi, la nouvelle venue, qui s'appelait Céleste, fut-elle
regardée comme un objet de curiosité par Giselle et par
son frère, enchanté de quitter encore une fois le champ de
bataille d'Austerlitz. Elle était vieille, proprette, alerte, et

la vivacité de ses mouvements démentait l'air endormi de
son visage.

Giselle Desroches avisa un vieux panier dans la cuisine,
et, prenant un air de commandement qu'elle s'efforça de rendre gracieux, elle dit à Céleste :

— Vous prendrez ceci et vous irez au marché,
car nous n'avons pas encore de provisions, étant
emménagés d'hier. Je vais demander les ordres
de maman pour le déjeuner et le dîner.

— C'est un bien vieux panier, fit la cuisinière d'un air dédaigneux, et se rappro-
chant de Fabien :

— Voyez, monsieur, l'anse est cassée.
J'aurais bien de la peine à la faire
danser.

Et elle rit d'un gros rire.

Fabien rougit de l'état misérable du panier :

— Bientôt on vous en achètera
un autre.

— Vous dites qu'il faut acheter
du veau ? fit Céleste, en écho imparfait, et comme si elle
répétait les paroles de son jeune maître.

— Non ce n'est pas cela. — J'ai dit qu'on vous achète-
terait un autre panier ! cria le petit garçon impatienté.

La cuisinière se mit alors à pleurer; Fabien chercha des
yeux sa sœur, mais elle était allée prendre conseil de leur

mère ; il eut peur de cette servante qu'il crut folle ou idiote.
Il surmonta ses craintes, et lui parlant avec bonté : — Pourquoi pleurez-vous ? demanda-t-il.

— Je me désole parce que je suis sourde et qu'on me
renverra de chez vos parents comme on m'a chassée de ma
dernière place parce que je ne faisais que des erreurs et
des sottises, grâce à mes mauvaises oreilles. Et pourtant,
je ne vole pas, mon livre de comptes est aussi net que ma
conscience, je suis propre et soigneuse, la cuisine que je
fais est un pur « *hectare* » (elle voulait dire un pur nectar),
mais que voulez-vous ? avec moi, si l'on n'a pas une voix
de centaure (elle voulait dire de stentor), c'est un coq-à-
l'âne perpétuel.

— Ne perdez pas courage, Céleste, reprit monsieur Fa en
haussant si bien sa voix qu'elle imitait les sons du fifre. —
Ma sœur et moi nous viendrons vous répéter ce qu'aura dit
maman. Ayez toujours l'air de comprendre, même quand
vous n'avez pas saisi un mot. Et quand ils s'apercevront de
votre infirmité, nos parents seront habitués à vous, et
n'auront pas la force de vous renvoyer. Vous ne savez pas
combien ils sont bons. On ne pourrait dire lequel des
deux est le meilleur...

La vieille femme jeta un regard de gratitude au petit
garçon : elle eut bien envie de l'embrasser et se tint à
quatre pour ne pas le faire. Dans la suite elle sut lui témoigner de la reconnaissance à sa manière ; toutes les fois que
Fabien venait lui crier aux oreilles, avec le fracas d'un cor

de chasse, quelque phrase restée obscure pour ses oreilles,
vite elle sortait un sou de son porte-monnaie et le glissait
dans la tire-lire verte de monsieur Fa. Et peu à peu, le trésor grossit à l'insu de son propriétaire.

Pour ses débuts, Céleste n'eut qu'à se louer d'elle-même
car elle fit le marché avec économie et
réussit à merveille le premier déjeuner des
Desroches. Et ce ne fut pas la seule joie de
cette journée que ce bon repas servi par
une servante convenable, lorsque la famille
s'en était passée pendant tant d'années. Une
lettre vint de nouveau mettre les enfants en
gaieté.

Mlle Henriette, MM. Philippe et Louis de Varanville
priaient Mlle Giselle et M. Fabien Desroches de leur faire
l'honneur de venir passer la soirée avec eux le samedi
suivant. Il s'agissait d'un bal costumé. On était instamment
prié de venir à 9 heures précises, car cette soirée enfantine,
dans l'intérêt même des plus jeunes, devait finir de bonne
heure.

— Il est impossible de refuser une invitation aussi aimable, dit Mme Desroches à son mari. — Mon ami, tu conduiras
tes enfants chez Mme de Varanville puisque je ne peux pas
les accompagner. Si tu peux me procurer des gravures,
j'espère être assez adroite pour tailler et coudre de gentils
costumes. Combien veux-tu dépenser pour cette fête ?

— Une centaine de francs ! répliqua fièrement l'architecte.

Cet air d'arrogance venait de ce qu'il avait passé de la
misère à la gêne, de la gêne à l'aisance; il croyait enfin
tenir la richesse, et il ne se livrait pas maintenant à la
moindre dépense sans avoir l'air d'entamer un petit million.

— Et pourquoi ne viendrais-tu pas nous voir danser,
maman? demanda Giselle, Mme de Varanville comprend bien
les privations de ta situation de malade ; elle permettrait
à papa de te porter jusqu'à un fauteuil de son salon ; ne
serait-il pas possible de t'installer ainsi en arrivant un peu
avant neuf heures ?

— Non ! non ! c'est impossible, répondit la malade avec
son sourire résigné. Ce serait trop de dépenses à la fois ma
mignonne. Ah ! si j'avais encore mes dentelles d'autrefois,
je pourrais figurer avec honneur chez la comtesse... mais
elles sont bien loin !

Giselle savait qu'il ne fallait par parler de ces mysté-
rieuses dentelles blanches, dont la magnificence était souvent citée par son père ou par sa mère. Elles ornaient
autrefois la robe de noces de Mme Desroches, et pour le
moment le mont-de-piété en conservait le dépôt. Pourrait-
on jamais dégager cette précieuse et coûteuse relique ?
La malade se verrait-elle un jour revêtue de cette parure
qui lui rappelait sa jeunesse et lui ferait oublier un instant
ses douleurs physiques et morales, et ses cheveux gris ?

En attendant, avec quelques mètres de satin, elle confec-
tionna deux gentils costumes pour ses enfants. Giselle
était adorablement belle en « Merveilleuse » ; M. Fa man-

quait peut-être de fatuité et d'insolence dans son rôle d'Incroyable, mais quand il relevait sa petite tête en lorgnant
les gens, sa mutinerie amusait tout le monde.

— S'il pleut, nous n'aurons pas besoin de prendre une
voiture pour aller chez nos voisins, une brouette suffira,
surtout si nous couvrons cet équipage avec le vaste parapluie de Céleste, dit gaiement Fabien.

Cette fête, la première à laquelle ils assistaient, fut un
éblouissement pour les pauvres enfants, jusque-là très pri-
vés de distractions. Les Varanville connaissaient beaucoup
de monde à Paris ; les Normands, comme les Bretons, ont
des cousins répandus sur toute la surface de la terre.
Parents et amis vinrent donc à ce bal d'enfants et s'incli-
nèrent très bas devant la comtesse, qu'ils n'avaient pas très
bien accueillie autrefois.

— On n'épouse pas une Jousselin, fille de petits bourgeois, nièce et héritière de Mme Jousselin, ancienne commerçante, fondatrice des magasins des Montagnes de
France, rue Saint-Honoré, avaient-ils dit. — Maintenant
ils briguaient l'honneur d'être reçus chez Mme de Varanville
et d'être vus dans sa loge, au spectacle.

Les petits Desroches descendirent chez leurs voisins à
l'heure indiquée par l'invitation imprimée, ils furent donc
les premiers et virent arriver peu à peu tous les jeunes
invités. Ce défilé de couleurs chatoyantes leur donna
d'abord la migraine, comme au retour d'une exposition de
tableaux, puis ils s'habituèrent à passer en revue ces nom-

3

breux enfants dont l'âge variait de six à quinze ans. Philippe
et Henriette passaient à l'état de vétérans dans cette assemblée.

Tout ce qui, dans nos bals, est tombé dans la banalité,
semblait aux jeunes Desroches d'une nouveauté absolue :
pierrots et pierrettes, arlequins au masque noir, pêcheurs
et pêcheuses, paysans normands et bretons, italiens, espa-

gnols, hollandais, russes, tyroliens. Ils rirent en voyant
une Marguerite de « *Faust* » qui n'avait pas fini de grandir
rester accrochée à une console par les nattes de sa perruque blonde ; ils s'amusèrent d'un don Quichotte étique
qui perdait sa moustache pointue et d'un Sancho trop
large qui ramassait son embonpoint, c'est-à-dire un coussin
de crin placé sur son estomac.

On ne voyait pas que ces costumes, trop connus. Quelques mamans avaient eu la bonne idée de déguiser leurs
fils en oiseaux et leurs fillettes en fleurs.

Une rose-thé, très parfumée, passait, suivie d'une églan-
tine qui ne piquait personne. Une « pensée » mélancolique

rappelait quelque jeune veuve en demi-deuil, puis venaient
un « petit bouquet de violettes à un sou » d'une fraîcheur
incontestable, une capucine en capuchon de soie couleur
chaudron, posé coquettement sur les cheveux d'une brune
de dix ans.

Les gamins semblaient être entrés à merveille dans leur
rôle de volatiles bruyants et remuants. Un petit coq dressait très haut sa crête, et cherchait querelle à tout le monde.
Un paon balayait de sa queue le parquet du salon ; un cygne,
d'une voix rauque, réclamait un lac pour pouvoir s'y jeter.
Un marabout à tête chauve prenait l'air morose d'un vieux
savant et boudait dans un coin ; un ibis, se souvenant de
son importance d'oiseau sacré, vénéré des Egyptiens,
demandait qu'on lui servît des grenouilles, son mets favori.

A côté lui, un petit poussin, le corps à moitié sorti d'une
coquille d'œuf, fuyait comiquement tout le monde, en disant
qu'il était trop jeune pour servir de rôti et trop âgé pour
fournir une bonne omelette.

— Regarde ce nouveau défilé,... murmura Fabien à
l'oreille de sa sœur. Ne reconnais-tu pas les personnages
des *Contes* de Perrault ?

En effet, Barbe-Bleue ouvrit la marche, suivi des femmes
qu'il avait tuées..., lesquelles se portaient à ravir. L'imprudent Chaperon Rouge se promenait seul, comme de coutume, puis venait une majestueuse Peau d'Ane, coiffée de
la tête aux oreilles grises et habillée de la robe couleur du
temps. Le petit Poucet regardait tout le monde avec effron-

terie, sans souci de l'ogre, et ne se souvenant guère de ses
frères perdus au coin d'un bois. Le chat dévoué au marquis
de Carabas relevait sa botte molle qui tombait comme un

bas sans jarretière, et Cendrillon perdait à tout moment sa
pantoufle pour qu'on la lui ramassât.

— Quelles sont ces gens-là, je ne les connais pas, demanda tout à coup Fabien, intrigué par une nouvelle entrée.

— Ce sont des personnages mythologiques, répliqua Giselle, moins ignorante que son petit frère.

Ah ! l'intelligente et artistique idée que celle de ce dernier défilé, et comme le grand Louis XIV qui aimait ces travestissements eût ri de cette Olympe en miniature représentée par des enfants ! D'abord, un Jupiter trop faible pour lancer la foudre, car si on l'eût interrogé, il eut certainement avoué sa grande peur du tonnerre ; puis Junon avec ses plumes de paon qui figurent les yeux d'Argus : en attendant, la déesse frottait les siens, car c'était l'heure habituelle de son sommeil.

Pluton, dieu des enfers, semblait accablé du poids de son fameux casque qui le rendait, dit-on, invisible. Plutus, dieu de l'or et des métaux précieux, relevait de temps en temps son bandeau de dieu aveugle et répandant à tort et à travers les dons de la fortune. Cérès, couronnée d'épis, le poussait en avant, à coups de faucille. Derrière la déesse des moissons marchait gravement la sage Minerve tenant à la main un rameau d'olivier, symbole de paix et d'abondance.

Le comte et la comtesse de Varanville représentaient, l'un Neptune, l'autre Amphitrite, mais où avaient-ils laissé leurs chevaux marins, ces pauvres dieux à pied ? L'idée de ce défilé mythologique leur appartenait, car leur fils aîné se montrait sous les traits de Vulcain, le forgeron de l'Etna, le dieu du feu et des volcans et boitait selon son rôle, tandis que le petit Loulou figurait le redoutable Mars, armé de

de pied en cap, et avait toutes les peines du monde à
retenir dans ses bras un coq vivant dont il avait très
peur.

Henriette de Varanville, revêtue de la tunique blanche
de Diane, très allongée, était charmante avec son croissant
au front, un arc en travers des épaules, et son pied mignon
chaussé du haut brodequin. Sa chienne Mirza, au nom peu
mythologique, l'accompagnait et aboyait comme Cerbère à
cette foule élégante, et s'amusait comme si elle eût été à la
chasse.

Un philosophe mondain a dit que les bals ne nous
donnent jamais les joies qu'on en attend. La surprise de la
comtesse fut grande quand elle découvrit que tous les
succès n'étaient pas pour elle et pour ses enfants.

Il faut bien l'avouer, toute l'attention des invités se con-
centra d'abord sur Mirza. L'excellente bête ne fut pas du
tout sensible à cette faveur ; elle n'aimait pas le monde ou
craignait l'excessive chaleur des salons ; elle s'échappa dès
qu'elle le put, fit un tour au buffet, et ne voyant rien à sa con-
venance elle s'empressa d'aller prendre l'air dans la cour.
Elle but à la fontaine, et comme elle pouvait prendre un
bain dans la vasque de pierre, elle s'offrit ce divertissement
hygiénique, se secoua un peu, et acheva de se secouer tout
à fait dans la salle de danse de l'hôtel, témoignant sa joie
aux amis de ses maîtres, venant leur dire à sa manière :
— Ah ! comme j'ai pris un bon bain !

Elle se dressa sur ses pattes et voulut à toute force

embrasser les enfants, tandis que ceux-ci fuyaient avec effroi le chien mouillé.

Après ce divertissant intermède, ce fut Giselle qui captiva l'attention générale. A chaque instant, mesdames de Varanville s'entendaient questionner de la sorte :

— Quelle est cette ravissante enfant ? A dix-huit ans,

cette fillette sera la merveille des merveilles. Comment s'appelle-t-elle ?

Giselle ne se doutait pas de ce succès, et tandis qu'elle dansait, elle se disait : — C'est la première fois que maman passe la soirée sans nous et qu'elle se couche sans que je l'y aide. Pourvu que Céleste ne la déshabille pas brusquement ! Pauvre mère, elle pense à nous, j'en suis bien sûre !

Le petit Loulou allait de groupes en groupes, plein de jactance et très fier de ses attributs guerriers. C'était à qui

l'arrêterait, le questionnerait. Nos amis ne gâtent-ils pas
nos Benjamins comme nous les gâtons nous-mêmes ?

Une vieille dame lui dit : — Madame votre mère est
superbe en Amphitrite, ces roseaux, ces coquilles nacrées,
entremêlés, sont du meilleur effet. Qu'en pensez-vous,
Louis ?

— Maman ? répondit le gamin avec aplomb, elle n'est pas
à prendre avec des pincettes, ce soir.

— Pourquoi ? Je ne comprends pas.

— Mais... parce que son costume ne lui appartient pas,
comme vous paraissez le croire. On le lui reprendra à moitié
prix s'il n'attrape rien. Ce n'est donc pas le cas de l'appro-
cher avec des pincettes. Elle n'ose ni danser, ni prendre
une glace. Parions qu'elle va recevoir un plateau de sirops
sur ses coquilles et sur ses herbages...

— Enfant terrible ! murmura la dame.

Loulou se dirigea d'un autre côté et, avisant, au buffet,
un grand collégien de quinze ans, qui attaquait un sandwich
avec des dents longues et affamées : — Dites, monsieur,
ce bel habit brodé que vous avez, en quel siècle le portait-
on ?

— Sous Louis XIII, mon petit ami.

— Ah ! et vos lunettes aussi ?... C'est-y le roi qui vous les
a données ?

Le gentilhomme Louis XIII lui dit *non* en riant.

Louis l'abandonna, et tirant par le pan de son habit un
autre camarade de son frère, il l'apostropha ainsi :

— Vous avez eu une drôle d'idée, vous ! Papa nous a dit tout à l'heure qu'on n'en voyait plus que dans le défilé du Bœuf Gras, des habits de mousquetaires comme le vôtre... c'est si démodé !...

Il eût continué le cours de ses exploits si sa mère ne l'avait pas arrêté.

— Tu parles trop, Louis, tu vas faire de la peine à nos amis. Attends à demain, tu nous feras part de tes réflexions au déjeuner.

Ses yeux, très tendres, contenaient un pardon. Mme de Varanville ne se montrait jamais aussi affectueuse envers son fils aîné. Après avoir apaisé le terrible Loulou, elle se mit en quête de Philippe qu'elle ne voyait plus danser. Elle le retrouva dans un petit salon où il se reposait, en compagnie de miss Sullivan, de sa sœur Henriette, de Giselle et de Fabien.

— Comment, Philippe, dit la comtesse, tu t'allonges paresseusement sur un canapé ? Tu ne comprends guère tes devoirs de jeune maître de maison, obligé de faire les honneurs de chez lui. Tu devrais valser en ce moment.

Le jeune Vulcain se leva et répondit à ces paroles :

— Ma mère, je vous ai obéi, et j'ai invité surtout à danser les petites filles laides abandonnées sur leurs chaises. Elles ne m'en ont pas témoigné de reconnaissance, au contraire. C'est que je les dépasse en laideur... mes vêtements de forgeron sont chauds, la sueur coule de mon front, ce qui m'achève; elles ne font que rire de moi. Quand je pense

qu'il a fallu dix crayons de pastel pour arriver à produire
un masque aussi noir, aussi enfumé, aussi étouffant, je regrette un peu de m'être sacrifié au succès d'Henriette, et de
mon petit frère, si gentil en dieu Mars.

— Trêve de doléances, et de plaintes inutiles, reprit
Thérèse de Varanville. — Il faut danser et non bouder dans
un coin. On n'est pas chez soi pour s'amuser, mais pour
veiller au plaisir des autres.

— C'est juste, répondit Philippe en essayant de sourire
et je vais vous obéir. Il offrit son bras à sa mère et la ramena dans la salle de bal.

Giselle ouvrait de grands yeux étonnée. Elle croyait les
riches si heureux, et Philippe souffrait, c'était visible. L'attitude d'Henriette l'intriguait aussi. Pourquoi gardait-elle
cet air de féroce mauvaise humeur ?

— Vous n'aimez donc pas la danse, mademoiselle ? lui
demanda Giselle.

— Si, seulement je préfère les bals *blancs* à la réunion
que nous avons aujourd'hui. J'y retrouve d'autres jeunes
filles....; je ne supporte pas la vue des enfants.

— Pourquoi ?

— Parce que ce sont de petits êtres capricieux et méchants. Si vous lisez ou dessinez, un baby fera du bruit
autour de vous ; réunissez beaucoup d'enfants, ils resteront
silencieux, inertes, tristes; il faut qu'on les secoue, ils sont
incapables de s'amuser tout seuls.

— Ils sont timides et demandent à être encouragés, ob-

serva Giselle. Il faut toujours user de tendresse avec eux,
même quand ils sont capricieux et méchants comme vous le
dites.

— Tous les discours du monde n'y feront rien, répéta
Henriette avec ténacité. Quand ils crient, je voudrais leur
mettre une pomme de terre chaude
dans la bouche pour les arrêter. Ils
ne comprennent que la force, et le
fouet seul a raison de leur déraison.

Giselle échangea avec la gouvernante un regard attristé.

— Vous avez été un enfant vous-
même, mademoiselle, poursuivit-elle;
vous avez trouvé autour de vous de
l'affection et de la bonté. Si l'on ne
vous aimait pas, seriez-vous ici ce
soir? Vous dormiriez dans quelque
dortoir de pensionnat, car vous avez
dix-sept ans et c'est plutôt l'âge d'étudier que de débuter
dans le monde.

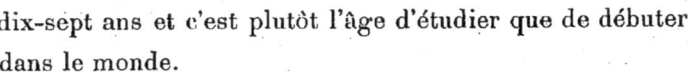

— On se marie à dix-sept ans, quelques-unes de mes
amies l'ont fait. Voyez-vous la raisonneuse? interrompit
Henriette avec hauteur. Prenez garde, mademoiselle Desroches d'être pour moi un enfant aussi insupportable que
les autres...

Après avoir dit ces mots, Henriette se leva et quitta le
petit salon.

— Vous avez une ennemie, dit miss Sullivan à Giselle.

— Elle ne sera plus mon ennemie quand elle se rendra compte que je la veux meilleure pour qu'elle soit plus heureuse, répondit Giselle avec calme et elle passa à un autre sujet : — Vos croquis sont très ressemblants, mademoiselle, dit-elle en regardant l'album que l'anglaise couvrait de petits personnages. Ce sont les principaux costumes du bal, n'est-ce pas ?

— Oui, je veux offrir à madame de Varanville les portraits de ses enfants groupés dans un éventail...

— Pourquoi ne tirez-vous pas davantage parti de ce talent, mademoiselle ? demanda Giselle que les misères de sa vie passée rendaient pratique.

— Je place de temps en temps un éventail, à la recommandation de M. de Varanville, dit l'institutrice.

— Il est si bon, notre cher bienfaiteur, ajouta la petite fille d'un ton ému.

— Tenez ! regardez-le en ce moment, dit l'institutrice en se levant. Vous serez convaincue de la générosité de son cœur.

Giselle se rapprocha et vit en effet le comte Guy soupant à la table des trois musiciens qui composaient l'orchestre de son bal. Autour d'eux, des enfants par groupes de quatre faisaient une dînette plutôt qu'un souper. Plus loin, les « grands parents » s'étaient réunis, sous la présidence de la comtesse. Ce fut à ce moment que M. de Varanville se dit :

— Personne ne voudra se trouver auprès du pianiste, du violoniste et du flûtiste, pauvres diables mal classés, artistes du troisième rang, aussi bien élevés peut-être que des gens du monde, oisifs et inutiles. Ce sont des soutiens de famille, un malheur a pu entraver leur carrière que tous trois rêvaient plus brillante au début... Foulons donc aux pieds un sot préjugé, traitons-les en égaux. — Et s'approchant d'eux, il leur dit :

— C'est à vous que je dois le succès de mon bal, messieurs, voulez-vous bien souper avec moi?

CHAPITRE III

Nous avons parlé, dans le chapitre précédent, de Mme Jousselin (Véronique-Victoire) qui n'avait d'autres héritiers que
les Varanville et leurs enfants. On l'avait invitée à pendre
la crémaillère dans la nouvelle maison et à y faire un séjour
prolongé, elle tenait d'autant plus à accepter cette proposition qu'elle voulait connaître l'hôtel de la rue Cardinet et
revoir Paris où elle n'avait pas mis les pieds depuis l'époque
mémorable où elle s'était retirée des *Montagnes de France*,
maison de commerce fondée par elle.

Grâce à son énergie, à son intelligence et à son économie, Mme Jousselin avait gagné fort honnêtement une cin-
quantaine de mille livres de rentes en vendant des « robes,

confections, manteaux de cour ». La province l'attirait, elle se fixa à Evreux, mais elle y eut, par bouffées, et de temps en temps, la nostalgie des boulevards et des Champs-Elysées, si commune aux Parisiens.

Aussi l'invitation du cher Guy et de la bonne Thérèse arriva-t-elle à propos et fut-elle reçue avec joie ; puis, avec la vivacité d'une jeune fille, cette femme de soixante-dix ans, sans infirmités, il est vrai, s'empressa de boucler sa malle, et de hâter ses préparatifs de départ.

En même temps qu'elle, attiré autant par les séductions du concours hippique que par l'installation des Varanville à Paris, un jeune cousin de Guy, Roger de Vareilles, devait prendre la même route et arriver au même but.

Il arrivait d'Houlgate, où sa mère possédait une villa ; Mme Jousselin devait prendre le train à Evreux ; il la connaissait un peu, il était donc naturel, partant le même jour, qu'il offrît d'être son chevalier pendant la dernière partie du chemin, proposition faite par lui avec abnégation et acceptée par elle avec empressement.

A la gare d'Evreux, M. de Vareilles descendit et chercha dans la foule le profil anguleux de Mme Jousselin. Il vit arriver deux vieilles femmes au lieu d'une, toutes deux maigres et grandes. La maîtresse et la servante avaient fini par se ressembler comme deux sœurs jumelles ; même physionomie, mêmes gestes, même costume noir sans draperies. Mme Jousselin serrait dans sa main un parapluie dans sa gaîne de lustrine noire ; comme un porteur d'eau

qui tient deux seaux, Hortense soutenait avec ses mains
crochues deux prisons cellulaires d'oiseaux, surnommées
des « sabots » et qui servent à les faire voyager.

— Ah ! vous voilà, monsieur ? fit tranquillement Mme Jousselin sans tendre la main au jeune homme. — Où montons-
nous, s'il vous plaît ?

— Ici, madame, dans cette voiture.

— Comment ! bien portant comme vous l'êtes, voyageant
le jour, vous vous offrez un wagon de première classe ?
La jeunesse de notre époque ne sait donc pas se passer de
luxe ? J'ai des billets de seconde pour Hortense et pour
moi ; vous allez nous suivre.

— Volontiers ! dit en riant le jeune homme, disposé à
avaler la corvée jusqu'au bout. — Je vous demande seulement la permission d'aller chercher mon nécessaire de
voyage.

— Certainement, vous avez raison, surtout s'il contient
de l'argent. Au mot « argent » les yeux de Mme Jousselin
brillaient toujours.

Pendant que M. de Vareilles s'occupait de ses affaires,
Hortense aidait sa maîtresse à monter dans un wagon à
moitié plein, puis elle la poussa sur un voyageur qui s'obs-
tinait à garder le coin. Inconsciemment, il recula, écrasé par
le poids de ces os ; Mme Jousselin prit sa place à la portière ;
la ruse avait pleinement réussi.

Roger de Vareilles vint rejoindre les deux femmes au
moment où le train se mettait en marche.

4

— Vous avez engraissé, chère madame, dit-il en prenant place entre deux voyageurs.

— Moi ? pas du tout. J'ai seulement de nombreux vêtements sur moi.

— Ah ! vous êtes frileuse ? Le printemps est chaud cette année. Me permettez-vous de voir nos compagnons de route au fond de ces deux souricières.

— Monsieur verra une pie et une caille, répondit Hortense.

— Oiseaux rares ! fit Roger avec une pointe d'ironie ; je m'attendais à voyager avec de superbes aras, mais il ne faut point dédaigner les amis simples, ce sont les meilleurs.

— J'aime la simplicité, dit froidement Mᵐᵉ Jousselin et je ne me chargerais pas d'un sac aussi compliqué que le vôtre. Que de flacons !

— Il n'est pas inutile de combattre l'odeur de renfermé qu'exhale un wagon. Du reste, je possède aussi des choses utiles, une terrine de foie gras, du pain, des gâteaux, des confitures, une bouteille de Malaga. Puis-je vous offrir à goûter ?

— Volontiers, cher monsieur, car j'ai à peine déjeuné. On a si peu faim les jours où l'on se met en route, que ce n'est pas la peine de gaspiller la nourriture.

Malgré ce prétendu manque d'appétit, Mᵐᵉ Jousselin fit honneur à la terrine de foie gras, et les dents jaunes d'Hortense s'attaquèrent volontiers aux petits gâteaux secs. Si elles n'avaient pas faim chez elles, Roger put le constater,

elles se rattrapaient en voyage et comme si la poussière de
la route mettait du sel sur leurs aliments.

— Quel est ce petit paquet? est-ce encore une friandise?
demanda Mme Jousselin en explorant encore le sac, objet de
ses mépris, et elle attira à elle quelque chose de carré et
de long qui ressemblait
à une brique enveloppée
de papier.

— Impossible de
manger ces gâteaux-là,
fit Roger, qui s'amusait
des excentricités de la
voyageuse, ce sont des
savons.... superfins,
comme dirait mon par-
fumeur. Il y en a trois,

et la boîte coûte cinq francs, puisque vous aimez tout savoir.

Mme Jousselin eut un geste de surprise.

— Dans mon jeune temps, dit-elle, un savon coûtait
dix sous. Les vôtres sont si précieux et si ruineux, vraiment, qu'on pourrait les donner en cadeaux de jour de l'An.

— Oh! madame! s'écria Roger, je vous prie de croire
que je suis un peu plus généreux, avec mes amis, quand
vient le premier janvier! En attendant, voulez-vous parta-
ger le contenu de cette boîte avec moi? Tenez, Hortense,
voilà votre part... si toutefois vous usez de ce remède parfumé.

Les voyageurs du wagon de seconde classe s'amusèrent
beaucoup de cette conversation, heureux d'observer des
« types » et d'avoir quelque chose d'original à raconter à
leurs amis et connaissances, à l'arrivée.

Mᵐᵉ Jousselin faisait glisser machinalement le savon de
l'une de ses mains dans l'autre, par-dessus ses gants de
soie noire, exactement comme si elle s'en servait.

— J'accepte le cadeau, dit-elle, parce qu'il n'y a ni degré
de parenté, ni lien d'amitié entre nous, mais je me défie en
général des dons de ceux qui sont mes héritiers.

Cette fois, M. de Vareilles se mit à rire franchement, ne
pouvant plus se contenir.

— Que je vous plains, chère madame. Votre fortune vous
desséchera le cœur en vous privant d'aimer vos semblables
et d'en être aimée, deux joies dont il vous faudra jeûner.
Croyez-moi, la confiance donne plus de satisfaction que la
méfiance ne procure de petits profits. Vous n'avez donc
d'affections que pour ces deux oiseaux, infortunés habitants de ces cages noires, semblables à des lanternes
sourdes ?

— Pas du tout, monsieur ! quand on ne s'intéresse plus
qu'à des oiseaux on est digne de manger du millet et de la
salade avec eux ! J'aime et j'estime Hortense et cela suffit à
mon bonheur intime. Il y a vingt ans qu'elle est à mon service et jamais elle ne m'a demandé d'augmenter ses gages.
Cela ne vaudrait-il pas le prix Monthyon aujourd'hui ?
Elle ne mange de la viande qu'une fois par jour, et le matin

se contente d'une simple panade faite avec les vieux restes du pain. Estomac de fer, cœur d'or, Hortense est le désintéressement même.

La conversation aurait pu continuer longtemps sur ce ton, mais, bercée par ce léger roulis du chemin de fer qui endort de préférence les gens faibles, les vieillards et les enfants, Mme Jousselin s'endormit tandis qu'Hortense l'empaquetait comme une momie, ramenant la couverture sur ses genoux, dès qu'elle glissait, avec des soins qui attestaient un dévouement constant et une intelligence réelle.

Un peu avant l'arrivée à Paris, la vieille dame se réveilla et parla au jeune homme des usages et des coutumes de la ville d'Evreux, du prix de l'épicerie et des sacs de pomme de terre. La patience et la courtoisie de Roger ne se démentirent pas un instant ; seulement, lorsqu'il eut installé Mme Jousselin, Hortense et les deux cages dans un fiacre il poussa un soupir de satisfaction : sa mission était terminée.

— Ne ferez-vous votre visite aux Varanville que demain ? lui suggéra Mme Jousselin ; venez donc avec moi, on ne les dérange jamais.

Il comprit que la vieille finaude, avec fort peu de délicatesse, voulait se faire offrir une course en fiacre. Il s'exécuta de fort bonne grâce, monta dans le véhicule et s'assit entre les deux oiseaux emprisonnés.

Lorsqu'ils arrivèrent rue Cardinet, le concierge, flairant l'arrivée d'importants voyageurs, se précipita à leur ren-

contre et s'empara des deux « sabots » tandis qu'une pluie
de graines tombait sur le trottoir.

— Sotte ! marmotta Mᵐᵉ Jousselin en regardant de travers
sa chère Hortense. Il ne fallait pas laisser cet homme porter
nos colis. Je vais être obligée de lui donner quelque chose.

Et, profitant d'un moment où M. de Vareilles ne la voyait
pas, elle glissa un petit paquet, en guise de pourboire dans
la main du portier : elle lui fit
don du savon qu'elle devait à la
« munificence » de Roger.

— Ça ? la tante de M. de Varanville, qui est si généreux,
jamais de la vie ! s'écria le
concierge déçu.

Hortense l'avait vu froncer le sour-
cil, aussi elle joignit un franc de sa
poche au cadeau de sa maîtresse —
et deux poires d'hiver bien conser-
vées, ayant traversé la saison dernière sans accident.

Roger offrit son bras à la vieille dame pour monter le
perron de l'hôtel. Sur le seuil du vestibule, ils s'arrêtèrent
tout surpris croyant s'être trompés de maison et être
entrés dans un musée de poupées de cire.

Il y avait là, en effet, dans une demi-obscurité, les types
ordinaires de ce genre d'exhibition : un Chinois dans sa
grande robe à fleurs roses et à dragons d'or, un Arabe drapé

dans son burnous, la tête ceinte d'une vieille corde ; deux
frères siamois plongés dans la même tunique, possédant
deux têtes, deux bras et quatre pieds ! Une petite Italienne,
la main tendue, semblait demander l'aumône aux visiteurs ;
une Charlotte Corday brandissait son poignard dans le
vide ; un matelot hâlé croisait ses bras dans une attitude
résolue.

— Voyez, monsieur, observa Mme Jousselin en s'adressant
à Roger. Quelle vérité d'imitation ! Ce marin est saisissant :
on dirait qu'il vit, qu'il respire ! Les veines de son cou sont
gonflées : c'est à croire qu'elles contiennent du sang...

Elle posa sa main sur la prétendue poupée qui tourna
lentement la tête et sourit. La vieille dame poussa un cri,
aussitôt couvert par un éclat de rire général. Toutes les
poupées s'agitèrent, une d'elles alla ranimer les lampes
baissées pour la circonstance. L'effroi de Mme Jousselin s'en
allait par degrés et on arriva enfin à lui faire comprendre
que ce marin était M. de Varanville, cette Charlotte Corday,
Henriette, ce Chinois, Philippe, cet Arabe M. Desroches,
un voisin, cette petite Italienne, Mlle Desroches, ces Siamois
qui se séparaient à volonté, Loulou et son camarade
Fabien.

— N'ayez pas peur, ma tante, dit Mme de Varanville en
serrant les mains encore tremblantes de Mme Jousselin. —
On jouait ici une charade dont miss Sullivan et moi étions
les seules spectatrices. Il a fallu que vous fussiez bien troublée pour ne pas nous apercevoir dans ce coin.

— Le mot est *cirage*. Nous représentions la « cire » sous son plus bel aspect, interrompit Henriette.

— Je comprends, je comprends, répéta la pauvre tante en reprenant peu à peu son sang-froid.

— Excusez-nous de vous avoir reçue d'une façon aussi excentrique, ajouta Guy ; nous ne vous attendions que demain, ma tante, ainsi que Roger.

— Oh ! moi, je vous avais reconnu tout de suite, mon cousin, répondit M. de Vareilles.

— Vous plairait-il de monter dans votre appartement, pour vous remettre, ma chère tante, demanda la comtesse. En pareil cas, le repos est ce qu'il y a de meilleur. On vous apportera votre dîner sur un plateau, et personne ne vous importunera jusqu'à demain matin.

— J'accepte ! fit Mᵐᵉ Jousselin avec empressement et après avoir distribué, autour d'elle, quelques poignées de mains assez sèches, mais qui ne lui coûtaient rien, elle prit le chemin du grand escalier, qu'elle escalada fort lestement pour son âge ; Thérèse la précédait une lampe à la main. Loulou, très porté à la curiosité, et intrigué par les allures bizarres de sa grand'tante, la suivit, décidé à lui voir mettre son bonnet de nuit, qui ne devait ressembler, pensait-il, à celui de personne.

C'était une pièce luxueuse du premier étage qu'on avait consacrée à l'usage de Mᵐᵉ Jousselin. Hortense découvrait le lit et s'occupait des préparatifs de la nuit. Elle aida sa maîtresse à ôter un grand manteau en forme de rotonde,

Ils s'arrêtèrent tout surpris, croyant être trompés de maison et être entrés
dans un musée de poupées de cire.

puis une pèlerine, puis une jaquette. Quand ce fut le tour
des jupes, la vieille dame en enleva deux, resta en cotillon
court, et s'assit enfin, comme fatiguée de l'opération.

— Mais c'est comme l'homme aux trente-deux gilets du
cirque, cria Loulou, qui ne se gênait pas pour penser tout
haut. Dites, ma tante, combien avez-vous de chemises et
de paires de bas sur vous?

— Taisez-vous, grand sot, cria l'avare. J'ai mis mes
bagages à la petite vitesse par économie, et comme je craignais de n'avoir pas assez de vêtements, je me suis affublée
de deux robes et de trois manteaux, voilà. Tout le monde
en ferait autant.

— Vous avez dû étouffer quand vous étiez en wagon,
poursuivit le petit garçon avec ténacité.

— Apparemment, mais cela ne regarde que moi. D'ailleurs il y a des voyageurs qui ont la manie d'établir des
courants d'air; j'en ai été préservée, voilà tout. — Me ferez-
vous le plaisir, monsieur, d'aller rejoindre votre frère et
votre sœur? Je n'ai pas coutume de me coucher devant
les gamins, moi!

Loulou tendit son front d'assez mauvaise grâce à sa parente, et entraînant sa mère un peu plus loin, il lui dit :

— Si celle-là nous paye jamais des dragées et des joujoux, j'en serais bien étonné. Dites, maman, est-ce que
toutes les vieilles dames ressemblent à votre tante? Et qui
est donc Hortense? Sa *nounou?*

La comtesse se mit à rire, et tout en poussant Loulou

vers l'escalier, elle lui fit une petite semonce : — Il ne faut pas se moquer des personnes âgées, mon fils, et il ne faut attendre de cadeaux de personne. Nous te punirons, ton père et moi, si tu n'es pas gentil pour la pauvre Mme Jous-

selin qui n'a plus que nous en ce monde.

Et après ce court ser-mon qui coûtait à son cœur maternel quand il s'agissait du jeune étourdi, elle revint au-près de sa tante. — Je vais sonner pour qu'on vous apporte à souper, dit-elle. Il y a du bouil-lon, de la viande froide, des asperges... — Je ne veux rien ! s'écria Véronique Jousselin. M. de Vareilles m'a offert du foie gras en route, je n'aurai plus faim pendant huit jours. L'estomac des gens sobres est un excellent garde-manger, on dirait que tout s'y conserve. Quand Hortense m'achète un pigeon, il dure trois jours à la maison et paraît au moins cinq fois sur la table.

— Hélas ! oui ! soupira la servante, qui eût préféré sans

doute manger le pigeon à elle seule, en un repas unique.
— Je connais ma maîtresse, madame la comtesse, ajouta-
t-elle en se tournant vers Thérèse. Une simple tasse de thé
lui suffira ce soir.

Mme de Varanville montra à Hortense un gentil service à
thé pour deux personnes et une lampe à esprit-de-vin posés
sur une commode Louis XVI. La bonne fit chauffer immédiatement l'eau nécessaire au breuvage réconfortant, alors
sa maîtresse jugea bon de lui faire un cours d'économie
domestique :

— Mettez seulement la moitié d'eau dans la casserole,
Hortense, cela suffira amplement, et nous userons ainsi pour
un ou deux sous de moins d'esprit-de-vin. Même hors de
chez nous, il faut savoir ménager l'argent, souvenez-vous-
en. Quand le thé sera versé, vous ferez sécher les feuilles
sur un linge blanc ; nous pourrons ainsi nous en servir une
seconde fois, car le parfum en est à peine affaibli.

— Oui, madame, répliqua Hortense avec résignation.

— A quoi peuvent servir tant de minuties, ma tante ?
demanda la comtesse surprise. — Vous vous gâtez l'existence en agissant de la sorte et vous nous ôtez, à Guy et à
moi, toutes les joies de l'hospitalité.

— Qui n'a pas le respect du sou qui est dans sa poche,
ma nièce, ne saura pas garder le million qui est chez son
notaire. Mon économie a servi à grossir ma fortune, et vous
serez bien aises de la trouver un jour, ton mari et toi, surtout
au train dont vous allez, grommela Mme Jousselin. Allons,

adieu, Thérèse, je ne te retiens pas. Hortense achèvera de
me déshabiller.

— Bonne nuit, ma tante, murmura la comtesse. Et surtout ne rêvez pas que nous vous avons invitée pour faire la
cour à vos écus : rien ne serait plus faux.

Sa nièce partie, Mme Jousselin acheva sa tasse de thé et
dit à sa servante :

— Je suis bien aise qu'elle soit descendue. Je ne voulais
pas lui avouer que j'ai oublié de prendre une chemise de
nuit avec moi, ou sur moi. Je n'aime pas à emprunter,
même du linge. Auriez-vous une camisole supplémentaire,
Hortense ?

— Je n'ai rien qui puisse servir à madame, fit la servante,
qui mentait parce qu'elle ne voulait pas dormir les épaules
nues afin de mieux couvrir sa maîtresse. J'ai là des mou-
choirs troués et un vieux pantalon que j'avais emportés
pour les raccommoder. Peut-être pourrons-nous, avec ces
différentes choses, empêcher madame de prendre froid.

— Donnez le vieux pantalon, les jambes me serviront de
manches, fit l'avare, et en mettant le mouchoir comme un
fichu à la paysanne, j'éviterai un rhumatisme aux épaules...

Hortense consentit à cet arrangement bizarre ; par malheur, le pantalon fit entendre un craquement sinistre.

— Il avait joliment besoin d'être raccommodé, marmotta
la servante d'un ton goguenard.

Mme Jousselin se fâcha. — Quel malheur, dit-elle, du linge
presque neuf ! Ce pantalon-là n'a pas plus de quatorze ans.

Déjà, à cette époque, on ne faisait plus de bonne toile, ni de solide cretonne... Elle soupira, puis sa mauvaise humeur se tourna contre son neveu et sa nièce.

—Sont-ils assez fous, ces Varanville, de donner ces meubles recouverts de soie à une bonne femme comme moi qui exècre le luxe! Demain nous leur demanderons des housses pour les fauteuils, un globe pour la pendule et nous étendrons des journaux sur le tapis... Thérèse, comtesse, qu'est-ce que cela lui rapporte? Elle aurait mieux fait d'épouser un riche commerçant! Ah! les prodigues! Je ne m'étonne pas que tout le monde manque d'argent en ce temps-ci... Et elle s'endormit en maugréant contre le siècle, cet autre vieillard, sûr de vivre ses cent ans, que détestent et envient vieux et vieilles quand ils n'ont pas très noblement employé leur vie.

Au rez-de-chaussée, les heures s'écoulaient plus joyeusement qu'au premier étage, plongé dans le silence. La présence de Roger de Vareilles égayait tous les cœurs.

Guy de Varanville aimait ce jeune homme dans lequel il retrouvait la plupart de ses sentiments élevés, une générosité sans bornes, l'amour du prochain, un grand esprit de justice et de vérité. Il lui reprochait seulement de n'être pas ambitieux et de n'avoir pas choisi une carrière digne de lui.

Roger se contentait d'être un riche propriétaire; il ne se laissait pas voler par ses fermiers et n'écoutait pas leurs légendes sur les mauvaises récoltes, mais il les aidait dans

leurs afflictions, maladies et misères. Sa bonté venait de
l'énergie de son caractère et non de sa faiblesse : c'est la
plus durable.

Avec ses voisins de campagne il ne gémissait pas sur les
ravages du phylloxera, et quoique Normand, vivait en paix
avec tout le monde, grand chasseur, nageur intrépide, mar-
cheur infatigable, sobre et simple dans ses goûts.

Il eût fait l'admiration de l'architecte Desroches, qui pro-
fessait tant de respect pour la force physique. En attendant
il se contentait, par mille délicatesses charmantes, de con-
tribuer au bonheur de sa mère ; il pensait avec raison qu'une
veuve qui pleure son mari doit trouver une grande conso-
lation en son unique enfant.

Henriette retrouvait en Roger le compagnon de son
enfance et de ses jeux. Que de disputes il lui rappelait, que
de joujoux cassés ! Ne s'emparait-il pas de son cerceau
quand elle tenait le bâton ? ne tirait-il pas à lui la tête de la
poupée quand elle se cramponnait aux jambes ?... mais,
quand on leur apportait trois gâteaux, Roger en mettait
deux dans les petites mains de son amie « Riquette ».

Riquette avait grandi et embelli dans sa transformation
d'enfant en jeune fille ; tel devient un cygne gris lorsqu'il
dépouille son vilain plumage pour devenir un bel oiseau
blanc comme la neige des montagnes.

Aussi le jeune homme restait-il intimidé devant sa petite
camarade d'autrefois. Il n'osait plus la tutoyer, et craignant
de lui causer quelque chagrin avec un « *vous* » cérémonieux

il lui parlait à la troisième personne : — On va bien ? —
Comme on est grande et jolie ! Comment fait-on pour em-
bellir de la sorte ?...

Tout à coup, le bon temps des querelles revint, à propos d'un grognement
de Mirza. Henriette ac-
cusa Roger de lui avoir
marché sur la patte,
Roger prétendit à son
tour qu'Henriette avait
poussé la roulette de
son fauteuil sur elle.

— Je te dis que c'est
toi, idiot.

— C'est plutôt toi,
cruche !

— Ah ! mes enfants,
dit la comtesse en en-
trant, on voit bien que vous êtes cousins.

— A quoi ? demanda Henriette.

— Parce que vous devenez mal
élevés, et parce que vous vous tutoyez
sans permission ; je ne compte pas les injures...

— Vous avez raison, ma grande cousine, répondit Roger,
je cesserai de tutoyer la petite ; nous ne sommes plus à
l'âge où nous nous donnions réciproquement du sable à

manger, après avoir eu l'attention délicate de le couler
dans une passoire. Il n'est pas écrit sur nos fronts que
nous sommes cousins.

Il y eut un silence dû à la leçon de la comtesse plus qu'à
la réponse enjouée du jeune homme ; la première y mit fin
en demandant au second des nouvelles de sa mère.

— Sa santé est parfaite,
répondit-il, mais morale-
ment elle est sujette à la tristesse, parce qu'à son âge, on
supporte difficilement la solitude. Je ne suffis plus à rem-
plir son cœur. Elle voudrait avoir une belle-fille et des
petits-enfants.

Nouveau froid et nouveau silence, puis la conversation
reprit de plus belle entre M. et Mᵐᵉ de Varanville, Henriette
et Roger, sur des sujets généraux, tandis qu'à la table où
miss Sullivan occupait Philippe, Louis, Giselle et Fabien
avec un jeu de cartes, on causait à voix basse.

— Je parie que Roger va devenir un prétendant pour

Henriette, dit l'enfant terrible en s'adressant à son aîné. Un beau-frère, cela t'irait-il, Philippe ?

— Certainement ; il me serait agréable de lire et de travailler avec lui.

— Il nous promènerait le dimanche, reprit Loulou ; je lui demanderais de nous mener au musée de Versailles ; et je montrerais à Fabien des portraits de généraux et de maréchaux.

— Je veux bien, répondit le petit garçon, à condition que papa ne sera pas de la partie. Je lui ai fait de la peine, l'autre jour, en soutenant que la bataille d'Iéna avait été gagnée par le maréchal de Villars. A Versailles, je commettrais d'autres erreurs. Je n'ai décidément pas la bosse de l'histoire, moi !

— Si Henriette se marie, Giselle quêtera et sera demoiselle d'honneur à la cérémonie, interrompit Philippe.

— Je ne demande pas mieux, dit Giselle.

CHAPITRE IV

Mᵐᵉ Jousselin passa une excellente nuit, malgré les cou-
rants d'air de sa camisole improvisée. L'accord parfait de
la tasse de thé avec le pâté de foie gras lui évita les mauvais rêves ; elle déjeuna au lit, d'un bol de chocolat et de
deux petits croissants chauds qu'elle appréciait fort, doux
souvenir de sa vie de Paris, la seule ville, disait-elle, où
l'on puisse manger des « éclairs » frais et des marrons
bien grillés.

Une fois lavée et coiffée par les mains d'Hortense, elle
visita un à un tous ses vêtements et fit un point à chacun
d'eux, galon à recoudre ici, trou imperceptible à boucher
là. Elle trouvait toujours que ses robes s'usaient avant le
temps qu'elle leur avait assigné. Avare en toutes choses,
elle comptait ses mouvements comme elle économisait son
argent.

— C'est en marchant ou en restant assise que j'use le
plus, disait-elle, — et volontiers elle serait restée debout

toute la journée pour garder intact le
fourreau noir qui lui servait d'uniforme toute l'année.

Les raccommodages terminés, Hortense emporta dans sa chambre, con-
tiguë à celle de sa maîtresse, la boîte
de pelotons de laine; ils étaient tous
imbibés de camphre et de poudre in-
secticide comme s'ils valaient, non
pas deux sous pièce, mais
autant que la martre zibe-
line.

— Les mites ne dévo-
rent donc pas mes pelo-
tons? demanda avec in-
quiétude Mme Jousselin.
Dites-leur de ma part
qu'elles sont bien gen-
tilles, ce qui ne m'empê-
chera pas de les tuer si
elles se mettent à voler
devant moi. Quand vous re-
viendrez, Hortense, vous m'aide-
rez à porter les cages dans ce
carré de terrain en forme de timbre-
poste que ces Parisiens appellent
pompeusement un jardin. Avez-vous

remarqué si nos oiseaux ont déjà moins d'appétit ici qu'en province ?

— Non ; je n'ai pas remarqué cela. Est-ce que madame voudrait leur économiser le grain ? Elle-même a si bien déjeuné que ce serait de la cruauté de leur refuser une cerise ou un morceau de sucre.

— Vous avez raison, ma bonne ; aussi, comme on se gêne moins à la table des domestiques qu'à celle des maîtres, j'espère bien que vous donnerez quelque chose de votre repas de midi à mes chéris.

Elles descendirent. Au jardin, Mme Jousselin trouva Giselle et Fabien ; ils jouaient avec des volants et des raquettes prêtés par les jeunes de Varanville.

Les enfants de l'architecte allèrent au-devant de Véronique, ou des oiseaux, peut-être.

— Madame, dit le judicieux monsieur Fa en désignant la pie, pourquoi ne logez-vous pas cette pauvre bête plus grandement ? J'ai vu beaucoup de ses pareilles à la campagne, quand papa avait des travaux aux environs de Paris et qu'il m'y emmenait. Toutes, elles aimaient l'espace et les champs, et quand on les approchait, elles s'enfuyaient sur la plus haute et la plus fine branche d'un peuplier. J'ai toujours envié leur agilité. La première fois que j'ai imaginé de grimper dans un arbre, c'était dans un cerisier, très cassant, à ce qu'il paraît : j'en suis tombé aussitôt...

— Je m'en souviens, ajouta Giselle en riant, les cerises étaient en confitures, et toi, en marmelade.

— Quand je trouverai deux bonnes cages d'occasion, je
les achèterai, dit Mme Jousselin.

— Pourquoi ne laissez-vous pas Margot vivre en liberté ?
elle vous amuserait.

— Oh ! non ! je crains les voleurs, et cette pie-là ne vaut
pas mieux qu'une autre. Elle étouffe un peu, j'en conviens,
tandis que la caille a le régime qui lui convient, de l'ombre,
toujours de l'ombre. Il y a deux ans que je l'ai, eh bien !
grâce à son amour pour l'obscurité, je n'ai jamais vu d'elle
que son bec et sa queue.

— C'est un oiseau qui se mange, n'est-ce pas ? interrogea
Fabien. Ah ! comme les pauvres bêtes vont se trouver heu-
reuses de voir ce jardin. Nous aussi, nous sommes bien
contents d'y jouer tous les jours.

— Ah ! tous les jours ? répéta Mme Jousselin ; elle dardait
ses yeux perçants sur le petit garçon et ajouta : — Vous
en avez donc la permission ?

— Sans doute, répliqua naïvement l'enfant, puisque nous
habitons la maison.

— Je suis sûre que M. de Varanville vous a demandé
comme une grâce de venir loger dans son hôtel, s'écria
audacieusement la vieille femme perspicace, pour laquelle
les soupçons devenaient vite des certitudes.

— M. de Varanville est notre bienfaiteur, madame, et il
ne l'est pas à moitié, dit Giselle, d'un ton pénétré. Son petit
cœur, plein de reconnaissance, venait de déborder : elle se
repentit aussitôt de son indiscrétion en voyant la figure

M. de Varanville est votre bienfaiteur, madame...

de Mme Jousselin se décomposer sous l'influence d'une colère intérieure, mal contenue.

— C'est cela! Guy vous loge sans exiger aucune redevance, je le reconnais bien là! Où habitiez-vous avant? fit-elle en se tournant vers Fabien, car elle devina que Giselle regrettait d'avoir parlé si vite.

— Nous habitions la rue des Dames, près de la rue des Batignolles, poursuivit Fabien avec sa candeur habituelle. Au-dessus de nous, il y avait un accordeur qui réparait des pianos; on l'entendait taper des octaves toute la journée; au-dessous, il y avait une couturière; la machine à coudre commençait son tapage agaçant depuis sept heures du matin; le soir, c'était le rire des petites ouvrières descendant l'escalier qui montait jusqu'à nous...

— De sorte que vous avez été bien heureux de quitter ce taudis pour habiter un bel hôtel et avoir la jouissance d'un jardin, murmura Mme Jousselin entre ses dents.

Un coup de gong, qui annonçait le déjeuner vint interrompre le coupable interrogatoire — oui, coupable, car les enfants ne doivent pas être les espions et les dénonciateurs de leurs parents, et cette méchante curieuse manquait à la fois de respect envers l'enfance, et envers sa propre vieillesse en agissant ainsi. Les petits Desroches furent bien aises de la quitter, et elle, de son pas nerveux, elle gagna la salle à manger des Varanville.

Les petits neveux se précipitèrent au-devant d'elle pour l'embrasser et lui demander comment elle avait passé la

nuit. Guy la mit à sa droite tandis que Loulou se précipitait
sous la table, pour glisser un coussin sous la semelle de
ses souliers.

— Remporte ce tabouret, lui dit-elle rudement. Est-ce
que cela se mange ? Donc c'est inutile à déjeuner. Je
ne suis pas infirme, pourquoi m'habituer à toutes ces
mollesses ?

Louis, déconcerté, porta le coussin à sa mère.

— C'est tout à fait drôle
à voir, un dessous de table,
lui dit-il. Quelle quantité de
pieds nous avons tous ! il
y en a moitié plus qu'il ne
nous en faut.

Sa réflexion fit rire tout
le monde, excepté la grand'-
tante. Elle était absorbée par son œuf, ou plutôt elle l'ab-
sorbait. Quand elle releva la tête, elle aperçut Roger de
Vareilles qui déjeunait comme elle, mais avec moins de
conviction et s'évertuait en vain à la saluer.

— Bonjour, madame. Vous avez bonne mine, à ce que
je vois. Avez-vous reçu vos bagages ?

— Non, monsieur, et je m'y résigne. La petite vitesse
pourrait s'appeler la grande lenteur. Qu'importe ! à mon
âge, on peut bien se passer de toilettes et de fanfreluches.

Tant que dura le repas, Mme Jousselin fut comblée de
soins et d'égards. Son cœur endurci par l'épargne, par

l'égoïsme quotidien, n'était plus sensible aux délicates
attentions de l'affection. Son esprit, prompt au blâme,
trouvait moyen de tout critiquer autour d'elle, les toilettes
élégantes de la comtesse et de sa fille, le luxe de ce dessert parisien, où les fleurs, les fruits, les cristaux se ren-
voyaient leurs notes gaies et claires.

Oui, elle préférait sa petite salle à manger d'Evreux, la
toile cirée de couleur acajou de sa table ronde, les biscuits
pétrifiés et les fruits inamovibles placés devant elle, et
qu'elle contemplait trois mois de suite, sans qu'il y eût
jamais une pomme démissionnaire ou un massepain admis
à la retraite. Et par-dessus tout, elle aimait la compagnie
d'Hortense, qui, armée d'un torchon, faisait la guerre aux
mouches affamées et déçues qui venaient imprudemment
s'égarer dans cette maison d'avare, digne d'Harpagon ou
du père Grandet.

— Quelle folie de donner à cette Mirza tant de sucre, de
gâteaux et de viande, murmura-t-elle lorsqu'on quitta la
table. Avec ce qu'elle mange et gaspille, il y aurait de quoi
nourrir un domestique...

Propos qui ne fut pas du goût du valet de chambre.

Mme Jousselin prit son café au salon, en compagnie de
Mme de Varanville et de ses enfants, de miss Sullivan et de
Giselle qui devait passer la journée avec Henriette. Elle ne
manqua pas de remarquer la disparition de Guy et de
Roger. Ils avaient prétexté « une cigarette à fumer »; en
réalité, ils voulaient causer.

Ils choisirent le petit jardin pour cet entretien, comme tout à l'heure Mᵐᵉ Jousselin pour sa promenade hygiénique.

En ce moment, M. de Varanville rendait au jeune homme, après l'avoir lue, une lettre de sa mère.

— Ma cousine vous donne de sages conseils, mon ami, et comment pourrait-il en être autrement? elle vous aime tant! Il faut vous marier, pour elle, dont le cœur, après s'être concentré sur vous, voudrait multiplier ses tendresses sur d'autres êtres; vous devez fixer votre vie et choisir votre route, car vous avez vingt-sept ans. Elle vous dit : — Prends une femme qui ressemble à Henriette de Varanville, si tu n'es pas agréé par elle, qui me plairait tout à fait. — Est-ce une demande directe, et dois-je y répondre aujourd'hui, Roger ?

— Oui, certes, répliqua le jeune homme. Avant mon départ, ma mère m'avait beaucoup engagé à solliciter la main de ma cousine. Voyez-vous un empêchement à ce mariage ?

— Je ne vois pas un seul grand obstacle, mais il y en a de petits, qui ont une importance relative. Henriette n'a que dix-sept ans ; c'est une enfant gâtée dont les défauts n'ont pas été usés par les chocs de la vie ; enfin, je ne lui donne que cent mille francs de dot parce que mes affaires sont embarrassées. Ma femme et moi, nous ne savons ce qu'elle aura dans l'avenir, parce que l'héritage de Mᵐᵉ Jousselin peut aussi bien nous revenir de droit que nous échapper par un caprice. Une imagination d'avare est comme une girouette rouillée : on la croit fixée, mais au dernier moment elle peut tourner. Voilà l'exposé de la situation, mon cher ; je vous ai dit la vérité, non comme à un gendre, mais comme à un fils.

— Et comment, après cela, n'aurais-je pas envie de resserrer tous les liens d'affection entre nous, mon cousin ? Ma mère n'a pas fait de moi un petit jeune homme mou et paresseux, un coureur de fortune, content de se reposer, les bras croisés, sur la dot de sa femme, comme le sybarite sur un lit de roses..... Non, la question de chiffres doit être écartée entre nous. Je suis riche pour deux et me sens capable de travailler pour quatre, si l'adversité fondait sur nous.

J'aime Henriette depuis mon enfance, et vous savez que, si ces affections-là ont de profondes racines, leur sève n'en est pas moins vive. Si votre fille a des défauts, j'aurai le plaisir de les découvrir, car jusqu'ici je ne le ai pas vus.

— Vous êtes aveugle, ou borgne, car ils sautent aux yeux. N'en parlons donc pas. Dois-je transmettre votre proposition à ma femme aujourd'hui ?

— Assurément ; ma mère est pressée d'avoir une réponse, et dès que vous m'aurez fait part de votre détermination,

je lui enverrai un télégramme. Donc, je rentre chez moi,
c'est-à-dire à l'hôtel du Louvre où je suis descendu, et j'y
attendrai des nouvelles de la rue Cardinet. Tâchez qu'elles
ne soient pas mauvaises, j'en serais très malheureux.

— Et moi aussi, répondit Guy en serrant cordialement
les mains du jeune homme.

Il le reconduisit jusqu'à la rue, puis rentra au salon,
que Mme Jousselin venait de quitter, circonstance heureuse,
car si M. de Varanville avait coutume de causer à cœur
ouvert devant les siens, il se souciait moins de mettre tout
de suite la tante de sa femme au courant du nouveau projet, surtout s'il plaisait à Henriette de refuser Roger.

Lorsqu'ils eurent fini de parler, la mère et la fille échan-
gèrent un regard également satisfait, puis la comtesse dit
à son mari :

— Je sais que notre enfant est un peu jeune pour le rôle
grave de femme mariée, mais, d'un autre côté, elle ne trouvera jamais un aussi beau parti ni un aussi loyal garçon
que Roger de Vareilles. Ainsi donc, nous ferons bien de
donner notre consentement à ce mariage.

Henriette, en véritable enfant qu'elle était, bondit de joie
sur sa chaise. — Quel bonheur ! fit-elle. Je passerai donc six
mois à Paris, trois ou quatre mois à la mer, et le reste en
voyage... Dès maintenant, nous allons nous occuper du
trousseau et de la corbeille, n'est-ce pas, maman ?... Et
puis Roger m'adore, ce sera un gentil mari et je le rendrai
doux et obéissant comme un agneau.

— Ce n'est pas le rôle de la femme, Henriette, interrompit miss, qui, en sa qualité d'institutrice, se crut obligée d'intervenir et de gronder son élève. C'est vous qui devez obéir et vous dévouer.

— Je ne réponds pas de le faire, mademoiselle; j'ai mauvaise tête, vous le savez bien. Laissez-moi me réjouir de mon mariage, et à partir de demain, je romps la chaîne d'esclavage des ennuyeuses leçons; plus d'anglais, plus d'italien, plus de dessin, plus d'interminables et insipides broderies. C'est fini, bien fini, j'en saute de joie !

— C'est là tout votre remerciement, Henriette? murmura la gouvernante attristée. Dix ans de soins, de patientes leçons et de dévouement de ma part n'ont-ils pas trouvé un autre écho dans votre cœur ?

— Il faut convenir que vous m'avez bien tourmentée, poursuivit la jeune fille sans faire attention au regard suppliant de sa mère. Vous ne me laissiez pas un instant de repos. Le travail, toujours le travail; une heure de ceci, une heure de cela. Vous étiez un sablier vivant; je vous appelais aussi miss *Pensum*, parce que je ne pouvais souffrir vos punitions. Eh bien ! maintenant me voilà libre. Vous pourrez, tout à votre aise, faire enrager mes frères.

— Quelle ridicule et injuste sortie, ma fille, dit le comte Guy, indigné.

— Je ne ferai pas enrager vos frères, mademoiselle, dit miss Sullivan dont le teint pâle et délicat devenait blême. Philippe et Louis n'ont pas besoin de mes leçons; l'aîné

6

se repose, entre son dernier baccalauréat et son entrée à
Saint-Cyr, le cadet ira bientôt au collège. Jamais ils ne
m'ont dit des paroles aussi dures que celles que je viens
d'entendre de vous, mon enfant, que j'aimais comme on
aime sa fille. Je quitterai cette maison.

— Non, mademoiselle ! s'écria M. de Varanville, ma
femme et moi, nous ne le permettrons pas. Vous resterez
ici toute votre vie, quand bien même il n'y aurait plus
d'éducation d'enfant à terminer.

— Non, monsieur, je partirai d'ici dans un mois, selon
l'usage de mon pays.

Et ayant incliné la tête d'une manière raide et offensée,
elle sortit.

— Henriette, va la rejoindre et fais-lui des excuses, dit
noblement la comtesse à sa fille.

— C'est vilain, ce que tu as fait là, petite sœur, s'écria
Philippe. A ta place, je ne m'en consolerais pas.

La rebelle jeta à son frère un regard de colère et ferma
la porte avec violence. On crut qu'elle allait rejoindre sa
gouvernante. Giselle suivit Henriette, dans l'espoir de la
calmer, de lui être utile dans ce moment difficile et douloureux. Arrivée au premier étage, la méchante se sentit
lâche, honteuse, et au lieu de se rendre chez Sibyl, elle
recula; puis tomba sur une chaise, dans sa chambre de
jeune fille.

— Allez lui dire : Pardon ! chère Henriette, murmura Giselle. Oui, je sais que c'est un mot qui écorche le gosier en

passant, mais il faut avoir le courage de le prononcer par respect et par reconnaissance pour celle que vous avez offensée.

Elle joignit les mains, dans une attitude suppliante. Pour toute réponse, Henriette, énervée et affolée, se mit à broyer le bras de la petite fille.

— Tordez-moi l'autre bras, puisque vous êtes en colère et ne savez plus ce que vous faites, dit Giselle. Je dois parler et je parlerai ; aucune de vos méchancetés ne peut me faire peur. Ma pauvre maman qui n'a que le souffle, m'a dit souvent que la douleur physique n'était rien pour une âme haute et bien trempée. Allez trouver miss Sullivan, Henriette. Humiliez-vous devant une personne humble : elle vous en saura gré.

L'orgueilleuse jeune fille regarda avec surprise sa petite amie dont elle appréciait chaque jour davantage la mûre raison, le doux caractère, l'esprit de justice, admirablement développé dans ceux qui ont souffert prématurément. Elle comprit que Giselle ne demandait aucune réparation pour son poignet meurtri : c'était là un péché véniel ; l'offense qui venait d'atteindre Sibyl était le véritable péché mortel, et en effaçant d'abord la grande faute, Henriette laverait en même temps la plus petite et contenterait l'enfant résolue qui avait eu le courage de lui tenir tête.

— Je vais chez miss Sullivan puisque vous le voulez, Giselle, dit enfin Mlle de Varanville, mais cela me coûte horriblement.

Elle fit quelques pas dans le corridor, plongé en ce

moment dans une demi-obscurité ; Sibyl sortait de chez
elle, à peine remise de son émotion et de son indignation
de tout à l'heure. Tout à coup, une ombre se jeta dans les
bras de l'institutrice, un visage brûlant et baigné de larmes
effleura sa joue, deux
bras se nouèrent à
son cou et la voix bien
connue de son élève
lui demanda grâce et
pardon.

— Oui, mon en-
fant, je pardonnerai
et j'oublierai... je sais
bien que vous n'êtes pas
méchante : vous avez seulement des nerfs à vaincre et
une imagination à dompter.
Déjà c'était bien assez douloureux pour
moi de vous perdre par la force des choses, puisque vous allez vous marier ; il
ne fallait pas aggraver la séparation par
des mots cruels, difficiles à laver, comme du
sable dans une plaie... Allez sécher vos larmes et qu'il n'y
paraisse plus ce soir. Vous et moi, nous avons fait de la
peine à vos parents, et c'était bien inutile.

Les jours qui suivirent furent meilleurs pour l'Anglaise.
La comtesse lui témoigna beaucoup d'affection et redoubla

d'égards. Roger, accepté comme fiancé, traitait Sibyl
comme si elle eût été sa proche parente. M. de Varanville,
lui, ne changea rien à sa manière d'être avec la gouvernante de ses enfants, mais il poursuivit la tâche secrète
qu'il s'était imposée vis-à-vis d'elle ; il voulait qu'elle quittât
sa maison, sinon riche, du moins à l'abri du besoin et
pût se reposer après vingt ans de professorat et de lutte
avec la vie.

Un soir, dans la famille de Varanville, chacun formula
un souhait et son rêve idéal, en désirant qu'une bonne fée,
sortant de la cheminée, vînt changer les destinées, qui
n'étaient pas, après tout, très malheureuses. Presque à
l'unanimité, on voulut être deux fois millionnaire, celui-ci
pour voyager, celle-là pour avoir des chevaux et une loge
à l'Opéra, cet autre pour distribuer des aumônes.

Interrogée à son tour, Sibyl répondit avec un soupir :

— Moi ? je suis déjà riche, car je possède une cabane, ou
pour mieux dire une maison de pêcheur dans mon village,
à Debdeen, près de Southampton, et je n'envierais rien
aux Rothschild si je pouvais m'y retirer avec un millier de
francs de revenu. Ah ! ne plus donner de leçons, ne plus
crier des mots anglais aux oreilles de pauvres enfants dont
je fais mes victimes, quel bonheur sans mélange !

L'Anglaise ne possédait pas un grand fond d'économies.
D'abord elle avait aidé et soutenu sa nombreuse famille
qu'il fallut ensuite enterrer. En vingt ans, elle ne réussit à

mettre de côté que cinq mille francs, capital qui eût fait rire de pitié la tante Jousselin.

M. de Varanville estimait Sibyl et éprouvait pour elle un sincère attachement. Grâce à elle, et malgré eux, ses enfants avaient mordu aux premiers raisins verts de l'édu- cation, qui deviennent parfois les grappes mûres de la sagesse. Elle avait soigné tous les Varanville dans leurs maladies, ses cheveux avaient déjà blanchi à leur service. Il résolut de payer cette dette-là.

Miss Sullivan possédait un incontestable talent d'aqua- relliste. Guy lui avait conseillé autrefois de peindre des éventails qu'il se chargerait de placer. De bonne foi, il chercha un acquéreur, mais ne le trouvant pas, il en prit la place, et paya mille, et souvent quinze cents francs les fleurs admirables qui naissaient sous le pinceau de l'Anglaise.

Ce manège dura cinq ans.

Miss Sullivan thésaurisait enfin, et la comtesse ne se demandait pas à quoi son mari employait son argent. Peu inquiète, peu imaginative, elle se laissait vivre et consentait à être parfaitement heureuse, bon sens qui manque à bien des femmes.

Un jour, Sibyl avoua qu'elle possédait douze mille francs.

Après la sotte algarade d'Henriette, M. de Varanville, de plus en plus déterminé à assurer l'existence de cette brave vieille fille, paya trois éventails huit mille francs. Et, comme Sibyl se récriait sur cette chance inattendue, Guy fit une moue dédaigneuse :

— C'est, au contraire, assez mal payé, dit-il. Je croyais
ces Américains plus généreux.

— Un Américain, monsieur ? Vous me disiez la semaine
dernière qu'il s'agissait d'un Anglais...

— Oui ; c'est-à-dire... non. Il y a en effet, comme amateurs
et acheteurs de vos œuvres, deux beaux-frères et j'ai pu
les confondre quand je vous ai parlé soit de l'un, soit de
l'autre.

La pauvre fille ne soupçonna rien de la ruse et du strata-
gème du comte ! Son intelligence, fatiguée par l'étude, ne
disposait plus de ce ressort toujours tendu qui s'appelle
la perspicacité. Contrairement à l'incrédule saint Thomas,
elle ne demandait qu'à croire sans aller voir.

Le temps des adieux entre les Varanville et la gouvernante anglaise était venu ; ils ne se firent pas sans beaucoup de larmes, de promesses de s'écrire et de se revoir.

La tête de Sibyl était si troublée à ce moment-là, que
lorsqu'elle serra la main de M. de Varanville pour la dernière fois, elle le remercia assez maladroitement de ses
bontés.

— Je vous dois ma fortune, ma vie assurée, monsieur,
dit-elle, et quoique ce bienfait ne vienne de vous qu'indi-
rectement, je ne vous suis pas moins très obligée. Le
HASARD a si bien fait les choses !

Si Henriette s'était montrée ingrate envers miss Sullivan,
en connaissance de cause, l'institutrice à son tour agissait
avec ingratitude par ignorance des faits, tant il est vrai

que la reconnaissance ressemble au trèfle à quatre feuilles,
toujours extrêmement rare ! Et quand nous nous baissons
pour le ramasser, un coup de vent impitoyable l'emporte.

Guy, un peu nerveux et agacé, serra respectueusement
les mains de « miss » et lui souhaita bon voyage et bonne
traversée.

Quand le soir fut venu, il ne se dit même pas :

— J'aurais peut-être agi plus raisonnablement en donnant, pour éteindre ma dette, ces huit mille francs à
l'entrepreneur qui a bâti cet hôtel... Ses générosités lui
procuraient de telles joies dans le présent qu'il ne pré-
voyait même pas la gêne à venir.

— Que serait le bien, s'il n'était un peu difficile à
faire ? se dit-il avant de s'endormir du sommeil du juste
et de l'honnête homme dont il était le type exact et parfait. Le lendemain, il avait oublié ce petit mécompte.

Mme Jousselin se réjouit du départ de Sibyl : c'était une
économie de douze cents francs que réalisaient les Varanville ; mais la vente fictive des éventails éveilla son
esprit soupçonneux ; en normande profondément attachée
à l'argent, elle méprisa la prodigalité généreuse de Guy,
car elle mettait les calculs de la raison bien au-dessus des
qualités du cœur.

Hortense, toujours à l'affût de ce qui pouvait intéresser
la curiosité de sa maîtresse, lui faisait chaque matin un
compte rendu de ses découvertes.

Le service de Mme Jousselin lui prenait peu de temps ;

Je vais chez miss Sullivan.

aussi aidait-elle les autres domestiques dans le leur, rien
que pour avoir l'entrée des chambres et l'inspection des
tiroirs. Ce fut donc avec la joie du triomphe qu'elle raconta à la vieille dame qu'elle venait de trouver dans un
coffre, chez M. le comte, toute la collection des éventails,
non montés, de l'Anglaise. Ces peintures sur soie ou sur
parchemin étaient roulées sur un bâton court ; Hortense
déroula chaque cylindre et reconstitua l'histoire : il fallait
s'y résigner, M. de Varanville protégeait les arts et jetait
l'argent par les fenêtres.

— Il est fou ! — fou à lier ! s'écria Mme Jousselin avec
colère. Il loge gratuitement son architecte, il assure une
petite fortune à une gouvernante sur sa cassette particu-
lière, et il n'a pas trente mille francs de rentes! Cet
homme-là finira sur la paille, c'est moi qui vous le dis,
Hortense !

Si elle fut perspicace en ces derniers événements,
Mme Jousselin se montra moins clairvoyante relativement
au mariage d'Henriette.

Elle trouvait seulement que cette jeune fille s'entourait
bien volontiers de fleurs, et qu'on la menait trop souvent à
l'Opéra-Comique.

On conviait poliment la grand'tante à ces parties de
spectacle. Elle refusa tant que la « petite vitesse » ne lui
livra pas ses bagages, mais lorsqu'ils furent en sa posses-
sion elle se hâta de remettre à la mode une vieille robe de
satin noir et de chiffonner un bonnet de dentelles et de

rubans roses. On l'emmena donc, un soir, entendre le *Pré-
aux-Clercs* et *Richard Cœur-de-Lion*, deux nouveautés.

Elle parla de mettre ses « diamants » pour la circonstance. On crut qu'elle allait exhiber un collier ou une
broche splendides ; point, il s'agissait seulement de deux
grosses boucles d'oreilles qu'elle refusa d'accrocher avant

de monter en voiture, convaincue que le cocher de fiacre
l'assassinerait pour les lui voler.
Ce ne fut que dans le petit salon
de la loge qu'elle consentit à se
parer de ce bijou. Elle avait
perdu un gant dans le corridor
du théâtre ; elle sortit quelques
instants pour le chercher et marcha tête baissée. En ce moment
arrivait Roger ; apercevant en
profil perdu ce bonnet rose, une étrange confusion se fit
dans l'esprit du jeune homme et il jeta vivement son
paletot sur les bras de Mme Jousselin.

— Tenez, dit-il avec une désinvolture insouciante, pre-
nez-en soin, et donnez-moi un numéro.

La fondatrice des « Montagnes de France » redressa
fièrement la tête.

— Ah ça ! monsieur, dit-elle, me prenez-vous pour l'ou-
vreuse ? J'ai pourtant *tous* mes diamants !

Le pauvre garçon se confondit en excuses... mais aussi

on ne porte plus de bonnets roses que dans les vestiaires
de théâtre ! Ses regrets sincères n'adoucirent pas le ressentiment de Mme Jousselin : elle ne pouvait souffrir qu'on la
prît pour une femme commune. Elle rentra dans la loge,
fort courroucée, et voyant sur les genoux d'Henriette un
bouquet, elle la blâma de son goût pour ces « maudites
fleurs » qui entêtent.

— Vous ne savez pas ? fit l'enfant terrible. — C'est
parce que Riquette se marie. Ce bouquet blanc, tout rond,
ressemble à un chou-fleur, n'est-ce pas, ma tante ?

La vieille dame pinça les lèvres.

— On a des étonnements tous les jours, dit-elle, et je ne
m'attendais guère à apprendre le mariage de ma petite
nièce par le dernier des Varanville.

— Ma tante, interrompit la comtesse très émue par ce
reproche, quand nous vous avons invitée à venir à Paris,
il n'était nullement question de marier Henriette. Nous ne
vous avons pas attirée dans un piège à cadeaux, et c'est
parce que nous voulions vous prouver notre désintéressement que nous avons attendu jusqu'au dernier moment
pour vous apprendre cette heureuse nouvelle.

Thérèse disait vrai sur les sentiments élevés de son
mari et les siens ; puis elle avait eu une raison de garder
le silence, elle craignait les bavardages d'Hortense.

— On a toujours raison de ne rien espérer de moi,
répondit Mme Jousselin. Je ne serai généreuse avec ma
famille qu'après ma mort.

Toute la soirée elle fit la grimace sous son bonnet rose
et quand elle rentra, elle confia ses peines à sa domestique
qui l'attendait en tricotant à la lueur d'une de ces petites
lampes qui n'éclairent pas du tout mais usent peu d'huile.
Hortense respectait les manies de sa maîtresse en matière
d'économie et les flattait avec une extrême adresse.

Mme Jousselin commença l'antienne de ses plaintes envers
sa nièce au sujet du mariage d'Henriette. On lui cachait
tout, on ne l'aimait pas dans sa famille.

— J'ai été seule à vous comprendre et à vous apprécier,
madame, fit Hortense en baissant encore la mèche de la
lampe fumeuse.

— Je le sais, ma bonne, et à vous priver de tout pour
moi. Je n'ai jamais eu à mon service aucune domestique
qui mangeât aussi peu de viande et autant de panade.

— Quoi de plus naturel ? Pour une si bonne maîtresse
on avalerait de la soupe à la colle, s'il le fallait.

— Merci, ma chère ; aussi, quand je ferai mon testament,
je ne vous oublierai pas.

— Je remercie madame de ses bonnes intentions : elles
seules suffiront à récompenser mon dévouement, car
depuis que je suis au service de madame, elle a toujours
parlé d'écrire ses dernières volontés sans jamais mettre ce
projet à exécution.

Tout en parlant, Hortense mit sa maîtresse au lit.

Un instant, le bonnet blanc de Mme Jousselin se pencha

sur le bonnet noir de la domestique ; elles s'embrassèrent avec attendrissement et la vieille dame reprit :

— Avant quinze jours, j'aurai appelé un notaire... Si vous avez un mouchoir, Hortense, prêtez-le moi.

Elle se moucha longuement.

— Il faudra qu'un jour je vous en donne une demi-douzaine.

— Mais en attendant, pensa Hortense, qui n'était pas dupe des petites ruses économiques de sa maîtresse, c'est moi qui payerai le blanchissage de celui-ci.

CHAPITRE V

Mme Desroches, allongée dans son fauteuil de malade, donnait à sa cuisinière sourde ses ordres pour le déjeuner :

— Avec les restes du poulet, vous ferez une mayonnaise...

— Non, madame, répondit Céleste qui n'avait rien entendu, je ne suis pas Marseillaise, je suis de l'Ardèche...

Mme Desroches, sans se décourager, reprit son explication : — Mon mari déteste le poulet avec cette sauce, vous lui ferez donc deux plats à part : des œufs brouillés, et puis du jambon.

— Ce sera vraiment bien peu ! s'écria la brave femme avec conviction. Enfin ! si Monsieur se contente de déjeuner avec des bonbons...

La femme de l'architecte se mit à rire du coq-à-l'âne.

— Ah ça ! il me semble que vous êtes sourde, ma pauvre Céleste ?

— Non, maman, dit Fabien en entrant avec Giselle, elle

a une oreille un peu dure, mais de l'autre, je suis sûr qu'elle entendrait une mouche se frotter les pattes. Oh ! petite mère, tu ne vas pas renvoyer notre bonne parce qu'elle ne te comprend que la seconde fois ?

— Non, mes enfants : Céleste me soigne bien, et je lui en sais gré.

— J'achèterai une ardoise quand je casserai ma tirelire, poursuivit M. Fa, et tu lui donneras tes ordres écrits, ce sera très commode.

Le petit garçon élevait la voix ; Céleste le comprit et lui fit un signe de remerciement.

— Vous avez de braves enfants, madame, et je suis chez de bons maîtres que je ne quitterai jamais que s'ils me mettent à la porte en me jetant par la fenêtre.

Elle sortit, très émue, et comme de coutume, chaque fois que Fabien venait de lui rendre service, elle alla mettre son offrande à la tirelire, en évitant d'y faire entrer les pièces grecques, qu'elle détestait tout particulièrement, parce que les « mots y sont écrits à l'envers », disait-elle, ce qui ôte à cette monnaie, croyait-elle, toute sa valeur.

— Quand il cassera ce tonneau vert, se dit-elle intérieurement, il trouvera un petit magot et pourra s'acheter un joujou de son goût.

Mme Desroches était restée seule avec ses enfants, et comme leur physionomie devenait pour elle aussi lisible qu'un livre ouvert, elle leur dit :

— Vous avez quelque chose qui vous réjouit, mes chers petits, dites-moi bien vite ce que c'est.

— Nous ne sommes joyeux qu'à moitié, chère maman, répondit Giselle ; il s'agit d'un petit voyage qui nous ravirait, mais il faudrait aussi te laisser derrière nous ; nous serions donc attristés de cet abandon, et en proie à de véritables remords.

— Encore une gracieuse invitation de la famille de Varanville à propos du mariage de Mlle Henriette, n'est-ce
pas ? demanda en souriant la mère de famille.

— Oui, maman. Tous les Varanville iront faire un séjour
à Houlgate chez Mme de Vareilles et M. Roger voudrait que
nous fussions de la partie. Il a même montré à papa une
lettre de sa mère qui insiste pour nous avoir, absolument
comme si elle nous connaissait depuis très longtemps ;
elle dit que nous ne tiendrons pas beaucoup de place dans
sa villa et que nous lui ferions grand plaisir.

— Eh bien ! qu'a dit ton père ?

— Papa, qui est toujours très bon pour nous, a répondu
oui trop vite, je crois. — Si je ne suis plus là, qui te soignera, chère petite mère ?

— Ton père, ma Giselle. La patience forcée d'un malade
a toujours un bel exemple dans celle des gardes-malades
qui l'entourent. Le dévouement de mon cher mari a été
aussi constant que ma souffrance. — Et puis, Céleste nous
est de plus en plus attachée, elle remplacera ma fillette si
attentive, et malgré ses grosses mains rouges, la pauvre
femme n'est pas du tout maladroite. Acceptez, mes chers
enfants. Et, seule à Paris, je me réjouirai en pensant que
le sel de la mer qui déteint les étoffes, colore vos joues
pâles de petits Parisiens. Je ne suis pas à plaindre. Depuis
que nous sommes riches, M. Desroches s'ingénie pour moi
en gâteries de toutes sortes...

Pauvre femme ! elle exagérait ses joies et prêtait une

grande valeur au moindre don, fût-ce un objet de trente
sous ! Un livre nouveau, un bouquet de roses ou d'œillets
la ravissaient ! Ses mains fines pouvaient maintenant travailler à des ouvrages de luxe. Elle disait que rien ne lui
rappelait autant la misère que le vieux linge à raccommoder. Quelle similitude entre les petites dettes criardes et les
nombreux trous de la toile qui se déchire à côté du trou
qu'on bouche par une reprise !

Dans son abnégation, elle se sépara courageusement de
ses enfants ; Giselle et son frère, gais comme des pinsons
partirent donc un matin. C'était leur premier grand voyage.
Les Varanville au nombre de cinq, Mme Jousselin et les deux
petits Desroches formaient un total de huit personnes ; ils
remplissaient un wagon où les voyageurs pressés des
différentes stations vinrent inutilement se casser le nez.

A l'arrêt du train, on entendait la voix retentissante de
Mirza qui enrageait dans son cabanon roulant où elle en-
durait tous les supplices d'une injuste détention : la faim,
la soif, la séparation d'avec ceux qu'elle aimait.

— Va, ma belle, tu seras très bien là, seulement tu ne
pourras pas tourner en mordant ta queue, lui avait dit
Loulou, au moment où l'on enfermait la favorite de sa
sœur dans le compartiment des chiens.

Problème plus difficile à résoudre : Mme de Varanville
avait réussi à emmener sa tante sans Hortense ! N'osant
mettre cette fois ses bagages à la petite vitesse, Mme Jousselin se décida à emporter une malle démodée, défendue

par un cadenas rouillé, et chaque fois qu'un homme de
peine remua cet objet respectable, il entendit force recommandations de la dame! Notons en passant qu'elle faillit
être huée par les gamins de la rue Cardinet qui vinrent
ouvrir la portière de sa voiture et la pousser dedans, dans
l'espoir de ramasser quelques sous.

— Place! mendiants patentés! leur dit-elle avec indignation. Me croyez-vous assez sotte pour vous donner
quelque chose? J'ai mes pauvres en Normandie!

Ah! le charmant et facile voyage! On était parti de Paris
le matin, on s'arrêta dans l'après-midi à la gare de Beuze-
val où l'on retrouva l'ami Roger perché sur le siège élevé
de son break. Famille, bagages et chiens s'empilèrent
dans la large voiture. Un coup de fouet retentit, les chevaux levèrent coquettement leurs jolis pieds, les roues
tournèrent et en quelques minutes on arriva à la villa de
Mme de Vareilles, rue Beaumier.

La mère de Roger était une femme originale et excellente. D'allures masculines et brusques, si myope qu'elle
agissait en aveugle et aurait eu besoin d'un caniche pour
la guider, elle n'avait pas d'ordre dans les idées, mais son
incohérence même était rachetée par d'admirables qualités
d'âme. Dans la même minute elle riait ou pleurait, faisait
un compliment à un ennemi ou envoyait un pavé à la tête
d'une amie, mais elle rachetait vite un ridicule ou une
maladresse par un acte de réelle bonté.

Son salon, grâce à des persiennes et à des stores tirés,

en ce moment, restait plongé dans l'ombre comme s'il eût
été couvert d'un immense abat-jour vert.

A la ville comme à la campagne, Mme de Vareilles recevait beaucoup de visites. Autour d'elle on voyait donc un
cénacle d'aimables femmes qui se racontaient les nouvelles de la plage et jouaient le rôle d'un journal parlé.

La comtesse de Varanville entra, tenant par la main son
enfant préféré, le petit Louis.

— Maman, dit-il sans calculer la portée de sa voix, —
est-ce Mme de Vareilles, la dame qui a des moustaches ?

La mère de Roger l'entendit parfaitement, et loin d'en
être fachée elle éleva Loulou dans ses bras, et tout en l'embrassant :

— Oui, c'est moi ; mes moustaches te piquent-elles bien
fort, gamin ?

— Assez, fit le petit diable sans se troubler. — Pourquoi madame, ne les arrachez-vous pas avec des pinces,
comme fait maman lorsqu'elle se découvre un cheveu blanc ?

Cette fois, Mme de Vareilles s'affligea du mauvais compliment qui atteignait Thérèse dans ses prétentions au grand
air de jeunesse. Elle posa le petit indiscret à terre et pour
dérouter l'attention de ses amies, elle fit un accueil bruyant
à tous ceux qui venaient d'entrer. Sa myopie l'induisit en
erreur, comme de coutume, ainsi, elle embrassa M. de Varanville et tendit sa main à baiser, à sa femme ; c'était à
un résultat contraire qu'elle voulait arriver. Elle rit de sa
méprise et, sans se déconcerter, elle alla à Mme Jousselin.

— Prenez ce bon fauteuil, madame. Figurez-vous que
mon fils m'avait bien recommandé de vous offrir du thé ;
aucune boisson ne remet mieux des fatigues d'un voyage.
Eh bien ! je l'ai complètement oublié. — Roger, sonne pour
qu'on apporte le samovar, la théière et des gâteaux... Je
suis d'une étourderie...

Elle fit quelques pas, et entourant familièrement les
épaules d'Henriette de ses longs bras musculeux :

— Il ne faudra pas me considérer comme une méchante
belle-mère, petite, lui dit-elle avec un accent de tendresse
brusque, mais comme un excellent beau-père. J'ai le cœur
d'un homme, moi...

— Ma mère... murmura Roger avec un reproche dans la
voix et dans les yeux.

— Oui, je comprends, tu me grondes parce que je viens
d'annoncer, sans le vouloir, ton mariage, qu'il aurait fallu
tenir secret. — Mesdames, ajouta-t-elle en se tournant
vers les visiteuses étrangères à la famille, vous êtes priées
de considérer le présent avis comme une invitation !... Un
éclat de rire général retentit dans le salon, mais l'excentrique ne s'intimida pas pour si peu, elle se dirigea vers
un autre groupe composé de Philippe et des deux Desroches.

— Monsieur Philippe je vous reconnais, moi qui ne reconnais personne, dit-elle en souriant. C'est bien vous le jeune
homme sombre et taciturne que mon fils aime beaucoup ?
On est comme on peut. Croyez-vous que je ne préférerais

Mesdames, ajouta-t-elle en se tournant vers les dames étrangères.

pas être blonde, douce et jolie?... tenez, comme cette merveilleuse petite jeune fille qui est là, à côté de vous...

— Mlle Desroches, interrompit Philippe en régularisant la présentation.

— Mon frère et moi nous vous sommes très reconnaissants de votre invitation, madame, dit Giselle en se levant.

— Mlle Giselle est l'amie d'Henriette, poursuivit Philippe et au besoin... son conseiller.

— Je ne me serais jamais figurée qu'on pût avoir un premier ministre de cet âge, et aussi beau. Mademoiselle, puisque vous avez les aptitudes du grand Sully, je vous salue, et vous demanderai conseil, si je déclare un jour la guerre à mes voisins au sujet d'une pomme ou d'un mur mitoyen. Quel est ce petit garçon ? votre frère sans doute. Que veut-il être ? architecte comme son père ?

— Je serai soldat *et* marin, répliqua naïvement M. Fa. — En attendant je voudrais bien avoir des pantalons longs et aller au collège.

On apportait le thé improvisé. Ce fut le moment où Mirza fit son entrée. Elle avait fait son tour de propriétaire au jardin, et tondu, du chiendent, la largeur de sa langue ; les cuisines souterraines eurent l'honneur de sa visite, après quoi, obéissant à d'autres intérêts, elle suivit le domestique qui portait le plateau chargé de friandises.

Le dîner suivit d'assez près le lunch et, le soir, les Vareilles menèrent leurs hôtes voir la mer au clair de lune.

Philippe, plus rêveur que causeur, resta en extase devant

les vagues noires auxquelles un rayon lumineux ajoutait une crête d'argent. Henriette trouva ce sombre horizon plus petit qu'elle ne se l'était imaginé; il sembla trop grand à Giselle et les mille feux de Trouville et de Cabourg, à droite et à gauche, lui rappelèrent des vers luisants dans l'herbe. Fabien se boucha les oreilles, effrayé par le fracas de l'eau qui retombe, et dit .

— Faudra-t-il vraiment se risquer *là-dessus* un jour ? Papa rêve pour moi de grands voyages, des aventures; tant que je ne serai pas Jean Bart... ou Robinson, il ne sera pas content. Il me reproche de ne pas aimer assez le danger. Ah ! si j'étais moins petit, je saurais peut-être mieux ce que je veux être, car je me sens attiré vers quelque chose sans savoir au juste ce que c'est...

Les jours suivants, Mme de Vareilles accapara beaucoup sa future belle-fille, de sorte que les enfants, sous la tutelle de M. de Varanville qui aimait leur compagnie et leurs jeux, eurent pleine liberté dans leurs excursions.

A la mer, chacun mène la vie qui lui plaît. C'est comme dans une vaste bibliothèque où tout lecteur peut choisir l'auteur ancien ou moderne qui satisfait son esprit, la reliure qui amuse ses yeux, le caractère d'imprimerie qui les ménage.

Philippe et Louis avaient montré tout de suite leur préférence pour les bains; ils nageaient et plongeaient comme des poissons; mais, entraînés par leur ardeur, ils s'éloignaient beaucoup trop de la plage.

Alors Mme de Varanville s'alarmait, les grondait et reprochait à son fils aîné la mort certaine du cadet, qu'elle enve-
loppait d'un peignoir de laine et emportait dans ses bras,
avec un sentiment d'idolâtrie exagéré, jusqu'à sa cabine,

réchauffant dans ses mains les petits pieds couverts de
sable blond.

Giselle et Fabien s'adonnaient à la pêche aux crevettes, à
la recherche des crabes dans les rochers. La fillette était
adorable dans son costume court, avec ses cheveux d'or
pâle enveloppés d'un foulard bleu et le large chapeau

de paille qui préservait son teint de rose blanche des couleurs de rouille du hâle.

M. Fa, quand il errait dans les rochers, se trouvait plus souvent à plat ventre que sur ses pieds. La nature l'avait doué d'une étrange façon; s'il était merveilleusement adroit de ses mains, apte à tous les travaux de mécanique, et patient jusqu'à trouver du plaisir à enfiler des aiguilles, en revanche ses jambes étaient lourdes et maladroites. Ses jarrets de coton et ses muscles de chanvre le trahissaient toujours.

Un jour Roger lui prêta son vélocipède, aussitôt enfourché avec zèle. En allant doucement, Fabien se tint en équilibre, mais lorsqu'il tira son chapeau devant les arbres, pour s'exercer à saluer les personnes qu'il rencontrerait, le malheureux fit des chutes abominables.

On riait de ses mécomptes, et son amour-propre en souffrait. On l'appela le don Quichotte du vélocipède; il ne s'y tenait même pas comme sur un mauvais cheval, mais comme sur l'aile du célèbre moulin à vent; il avait juste le temps d'y monter et de retomber dans la poussière.

Henriette, qui désapprouvait les propos moqueurs, défendit le petit garçon énergiquement. Aussi lui en sut-il gré et lui témoigna-t-il de l'affection quand il la vit affligée à son tour : Mirza était perdue depuis vingt-quatre heures. Ecrasée, noyée, ou simplement volée? Mlle de Varanville ne savait pas, elle se contentait

de pleurer, de se désespérer et de raconter au jeune
Desroches ce qu'elle appelait ses « inquiétudes mater-
nelles ».

Alors, M. Fa, prit un grand parti. Il monta dans
sa chambre et cassa sa tirelire, grossie par les générosi-
sités de Céleste. Il compta et recompta son petit trésor
avec étonnement : il s'y trouvait quinze francs
trent-cinq centimes.

— Décidément, dit-il tout
haut, je n'ai pas plus de dispositions pour l'arithmétique que
pour l'histoire, je me croyais
beaucoup plus pauvre.

Alors, de sa plus belle écriture ; il rédigea une affiche ainsi
conçue :

« *Quinze francs* 35 *c. de ré-
companse à la persone qui ra-
portera une chienne noire répon-
dan au non de Mirdza, à la villa des Tamarisses chez
Mme de Vareilles.*

Il fit une douzaine de ces affiches, et comme souvent on
le laissait aller seul avec Loulou de la maison à la plage,
il s'arrangea pour aller les coller avec des pains à cacheter
dans les rues où l'on circulait le plus : à la mairie, au Grand-
Hôtel, sur les différentes boîtes de la poste, au lavoir, sur
la vitrine d'un libraire, grand loueur de romans, sur quel-

ques cabines de bain, près desquelles il savait bien que les
élégants passeraient.

Le procédé réussit et Mirza se retrouva. Elle était restée
dans le kiosque d'une villa voisine en compagnie d'instruments de jardinage, d'un arrosoir mis à sec et d'une grande
provision d'oignons, très peu tentants pour elle. Un jardinier l'avait enfermée par mégarde dans ce réduit, et il la
ramena à ses maîtres, très amaigrie, pour toucher la gratification de quinze francs 35 cen-
times

Fabien s'empressa d'aller chercher son petit trésor.

— Quoi ! laisserez-vous ce pau-
vre enfant se priver de son argent ? demanda Mme de Vareilles de sa grosse voix aux Varanville.

— Pardonnez-moi, madame, puisqu'il a eu le courage
d'accomplir ce sacrifice, il ira jusqu'au bout, répondit
M. de Varanville. Il ne faut pas couper une bonne action au
pied, comme une mauvaise herbe. Vous me trouvez cruel,
c'est vrai, mais il y a des cruautés nécessaires et j'agis
comme agirait M. Desroches.

— C'est moi qui devrai récompenser Fabien, et je n'y
manquerai pas, ajouta Henriette, qui, toute à la joie de
revoir Mirza, la faisait manger et boire avec des soins tou-
chants.

Nos jeunes amis eurent bientôt un nouveau plaisir. On
organisait des courses d'ânes, de chevaux et d'enfants sur

la plage d'Houlgate, à l'heure de la marée basse. Les loges
et les fauteuils d'orchestre du spectacle qui allait se donner
étaient de simples chaises de paille, placées sur la terrasse
du Casino. En bas, le long de la piste, on avait piqué de
petits drapeaux blancs où se détachait en rouge la lettre H.
La mer fuyait à petits pas. Placée un peu partout, la foule
resserrait ses rangs autour de la cloche qui sonne le
triomphe des vainqueurs et le glas des vaincus ; trois pho-
tographes encapuchonnés s'apprêtaient à reproduire le gai
paysage, la scène animée de bêtes et de gens, et les toilettes parisiennes, toujours si variées.

Des fillettes de neuf à douze ans courent d'abord ; elles
sont sans chapeau et remuent leurs poings fermés exactement comme des garçons. L'une d'elles, coiffée d'un bonnet de coton rouge se fait remarquer par son agilité. Elle
arrive de plus d'un mètre en avance sur ses camarades.

Les jeunes filles sont moins fortes, l'anémie les rend
molles, sans doute, et la plus dégingandée, taillée en fau-
cheux, arrive la dernière au but.

Quand les garçons viennent à leur tour, on commence
à parier pour ou contre eux. Loulou, coiffé d'une casquette
de jockey montre une ardeur endiablée ; il faut voir, comme
au départ il tient ses petites jambes écartées, comme il
assujettit sa large ceinture entre son pantalon blanc et sa
casaque bleue. Tous ses gestes sont ceux d'un lutteur, d'un
gymnaste de profession... cependant il ne parvient qu'en
troisième devant la terrible cloche.

8

Parmi les jeunes gens, beaucoup sont en manches de
chemise, ce qui donne à la course un caractère commun.
Du moment où l'on est acteur, il faut être paré ! Philippe avait gardé son costume de tous les jours, un pantalon et une vareuse de laine blanche ; habile à tous les sports,
il arriva premier sans effort.

— Décidément observa Mme de Vareilles, les garçons,
uniquement à cause de leurs vêtements collants, sont plus
gracieux que les filles dans ce genre d'exercices. Les tour-
nures qui dansent, les jupes qui sautent ne sont pas d'un
bon effet.

Pauvre Fa ! il fut le dernier parmi les petits de son âge,
essuya ses yeux avec sa manche, sans souci du public
qui riait. Comment écrire ce désastre à son père qui lui
citait si volontiers la force et la grâce des gladiateurs
romains ?

Les courses de trois jambes eurent le plus grand succès.
On prend deux garçons ; on lie la jambe droite de l'un à
la jambe gauche de l'autre par un mouchoir. Ils se prennent
par le cou, et s'ils vont vite on ne voit plus que trois jambes
et deux poings en mouvement.

La course des chevaux fut très banale et celle des ânes
très amusante. Qu'on se figure le déploiement d'obstacles
d'un véritable concours hippique, fossés, ruisseaux, deux
bancs, une planche légèrement renversée, figurant un mur,
des bottes de foin, figurant une haie. Les ânes entrent montés par de petits garçons et houspillés par de robustes

âniers. Le noble animal n'en va pas plus vite. Aussi quand les jockeys partent, le jury des courses, la foule entière, frappe à coups de canne sur l'habit gris de maître Aliboron, qui flaire l'obstacle avant de le franchir et ne s'y décide que pied par pied, en quatre fois ! Un âne s'arrête devant les bottes de foin et se met à les manger, un autre se couche avec désespoir, comme s'il allait mourir, devant la « rivière », étroite comme un ruban, et le public de rire.

Au moment où l'on disait la fête terminée, on vit passer les jeunes triomphateurs avec leurs prix, grands seaux, larges pelles, tridents, filets, jouets de la mer et de la marée basse, poupées pour les petites filles et bouteilles de Champagne... pour leurs parents ; du moins nous espérons qu'il en fut ainsi.

— Ah ! que je me suis ennuyée ! dit Mlle de Varanville à sa future belle-mère. Il est vraiment absurde de déranger des personnes sérieuses pour voir courir ainsi des gamins et des gamines.

— Ah ! ça, ma chère Henriette, dit Roger en quittant sa chaise de paille, vous détestez donc les enfants ? Est-ce vrai ? dois-je vous croire quand vous affirmez une opinion aussi avancée ?

— Je les exècre ! fit-elle en relevant sa tête d'un air de bravade.

— Détesterez-vous les vôtres aussi, demanda le jeune homme très pâle, comme s'il attendait à la fois une déception et une émotion.

— Ils me seront, du moins profondément indifférents,
poursuivit la jeune fille qui s'entêtait dans son paradoxe.
Heureusement, il y a des nourrices et des gouvernantes
pour les élever.

— Une bonne mère élève au contraire sa petite famille
elle-même et devient jalouse des gouvernantes et des nourrices.

Henriette haussa les épaules et garda un silence obstiné.

— Mademoiselle de Varanville a des prétentions à la
dureté, et elle est tendre au fond, dit Giselle qui jugea bon
d'intervenir en voyant la querelle s'envenimer. — Et la
preuve, c'est que pour moi qui suis une ennuyeuse petite
fille, bien au-dessous de son intelligence, elle a toujours
été une amie parfaite.

Roger ne se laissa pas convaincre par ce propos charitable. Quand on quitta le Casino, au lieu de suivre la famille
de Varanville, il prit le bras de sa mère et l'entraîna vers
le chemin du sémaphore.

— Il faut rompre ce mariage, lui dit-il d'une voix trem-
blante. Je n'estimerais pas ma femme si elle était mauvaise
mère, et je ne l'aimerais pas.

— Ce sont des lubies ! répondit Mme de Vareilles, qui en
fait d'originalité pouvait être juge et partie. Les jeunes
filles sont de petites chèvres capricieuses ; quand on veut
les attacher, elles font acte d'indépendance ; si on leur accordait la liberté, elles reviendraient d'elles-mêmes à leur
piquet.

— Henriette a l'âme dure, répéta le jeune homme. Je préfère ne pas l'épouser.

— Cette âme dure a peut-être des cordes tendres que
nous ne connaissons pas. C'est comme si tu voulais juger
d'un violon sur sa boîte. Attendons, avant de briser l'avenir
de cette pauvre enfant et le tien. Les Varanville sont tous
bons, je ne vois pas pourquoi cette enfant ferait exception.

— Ah ! ma mère, vous ne savez pas ce que souffre une
affection blessée. Je n'épouse pas Henriette pour sa dot
ou pour l'héritage de Mme Jousselin, moi !

— Oh ! celle-là pèse joliment sur mes épaules de maîtresse de maison ! s'écria la mère de Roger. Quelle tante
soupçonneuse et avare ! Si on lui offre un verre d'eau su-
crée, elle croit que c'est pour l'influencer et obtenir d'elle
une donation par contrat de mariage, ce qui ne l'empêche
pas de mettre tout doucement le sucre dans sa poche. Ma
cousine aurait mieux fait de la laisser à Paris.

Mme Jousselin, en effet, devenait de plus en plus difficile

à distraire. Les bals et les concerts du Casino n'étaient
guère de son âge. Les promenades en voiture seules plai-
saient à son humeur sauvage, pourvu qu'il n'y eût pas de
nuages menaçants au ciel. Une goutte d'eau sur ses vêtements la trouvait, à coup sûr, moins résignée que Noé, qui
supporta quarante jours de déluge. Elle aurait voulu que la
pluie prît une heure régulière pour tomber — le dimanche
par exemple — quand elle ne sortait pas.

Mme de Vareilles la mena aux « Vaches noires », gros
rochers tout couverts de coquillages, puis la voiture revint
par de délicieux chemins verts.

Par malheur une averse tomba, prudente pour la santé
de sa tante, Mme de Varanville voulut qu'on s'arrêtât dans
une ferme près de la rivière du Drauchon.

— Vous ruisselez comme une éponge qu'on tord, ma
pauvre dame, dit une paysanne maîtresse de l'endroit. —
Je m'en vas vous prêter une chemise, un jupon et des bas.

— Refuse pour moi, refuse énergiquement, Thérèse, dit
Mme Jousselin à l'oreille de sa nièce. — Je ne peux renvoyer
le linge de cette femme que blanchi et repassé. Ce sont des
frais... Et l'on dépense tant d'argent en voyage...

Jusqu'ici elle n'avait pas déboursé vingt francs ; la
crainte seule de faire une petite dépense suffisait à la rendre malade.

Elle revint à la villa des Tamaris trempée jusqu'aux os
et malade, par suite, d'un refroidissement qui pouvait devenir dangereux. On la coucha. La bassinoire, les cruchons

et les pots de tisane s'ébranlèrent et montèrent de la cuisine au premier étage.

— Vous auriez mieux fait d'accepter le linge de la paysanne, lui dit malicieusement Mme de Vareilles. — Maintenant, il faut acheter des drogues au pharmacien.

— Je ne veux entendre parler ni de médecin ni de pharmacien ! cria l'avare ; puis adoucissant sa voix : — A la campagne on a toujours des remèdes, quelques fonds de bouteilles ; j'accepterai de vous ce que vous voudrez bien me donner, madame.

Mme de Vareilles sourit et alla prendre dans sa pharmacie les drogues nécessaires au rétablissement de Mme Jousselin.

La pluie d'orage tombait toujours. M. de Varanville promenait à pied la bande joyeuse, c'est-à-dire ses enfants et les petits Desroches. Roger, mécontent d'Henriette boudait tout le monde et faisait sa promenade dans une autre direction.

Cette pluie persistante devenait agaçante, mais cette belle jeunesse riait des manteaux trempés et des ombrelles déteintes. On pressait le pas sur la route de Villers, quand, soudain, Henriette s'arrêta devant un fossé.

— Un enfant dort là, dit-elle avec effroi. Comme il est pâle ! Peut-être est-il évanoui... ou mort.

— Holà ! dit Philippe en s'approchant du corps étendu, que fais-tu là, petit ?

Des yeux vifs, un nez épaté, un teint de pomme verte,

telle était la face de gamin qui se leva vers Philippe. En se
remuant, il agita un paquet de loques, veste et pantalon en
lambeaux, casquette trouée, point de bas, un soulier éculé
à un pied, l'autre était plus justement chaussé de boue ou
de terre glaise.

— Voilà, dit-il sans chercher à produire de l'effet : mon
père m'a abandonné il y a huit jours, à Villers devant la
pierre aux poissons. Il n'a jamais reparu. Je pense qu'il a
voulu se débarrasser de moi !

— Pauvre être, dit Philippe profondément ému. As-tu
une mère, des parents, des amis ?

— La mère est morte, murmura l'enfant, je n'ai pas de
parents, et voici mon ami. — Il entr'ouvrit sa veste, montra
un singe blotti sur sa poitrine. — Malheureusement Dagobert ne me nourrit pas et j'ai peine à le nourrir. Le monde
des fermes, cependant, est meilleur pour lui que pour moi.
C'est qu'il est amusant. Avec ses gentils tours il a toujours
eu des amandes et des noix, tandis que je n'ai pas toujours
eu du pain.

— Comment t'appelles-tu ? demanda le comte.

— Jean-Louis.

— Penses-tu, Jean-Louis que ton père fasse des re-
cherches en ce moment pour te retrouver, demanda
Giselle.

— Non, mademoiselle. Papa dort ou il boit, je ne l'ai
jamais vu autrement. — Et quand il a bu, il se moque de
tout.

Vous ruisselez comme une éponge qu'on tord.

— Mon père, suggéra Henriette, nous ne pouvons abandonner cet enfant. Il est bien laid, bien sale, ajouta-t-elle à
voix basse, mais enfin, par humanité...

— Sors de ce trou humide, et viens avec nous, dit le
comte Guy en tendant la main à l'habitant du fossé.

Jean-Louis obéit, mais lorsqu'il voulut marcher, une
faiblesse le prit et il s'assit sur
l'herbe du chemin.

— Il tombe d'inanition ! s'écria
M. de Varanville, et avec sa spon-
tanéité habituelle, il ajouta : —
Monte sur mon dos, gamin, le
vieux cheval est encore assez
fort pour te porter et quand il
sera fourbu, c'est le jeune
poulain qui continuera la
route, n'est-ce pas, Philippe ?

— Bien entendu ! s'écria
l'aîné des Varanville. On se
mit en route. Etrange contraste que celui de cet homme

élégant, vêtu de coutil blanc, qui portait ce mendiant crotté
sur ses épaules, l'un propre comme une hermine, l'autre
noir et terreux comme une taupe. M. de Varanville avait le
cœur haut placé et ne connaissait pas les petites lâchetés
du respect humain ; il ne rougissait pas d'un ami mal mis ;
il eût porté les plus étranges paquets et il pensait que le

meilleur moyen de n'être pas ridicule, c'est d'oublier que
le ridicule existe.

Aussi se mit-il à rire lorsqu'il rencontra sur la route le
garde champêtre et un gendarme. Il les aborda tout en
soutenant son petit fardeau et leur demanda ce qu'il faudrait faire du gamin après qu'on l'aurait nourri et un peu
nettoyé.

— Il faut le mettre au poste, suggéra prudemment le
gendarme. Un vagabond est toujours un vaurien.

— Il faut en référer à M. le maire, ajouta judicieusement
le garde champêtre.

M. de Varanville mécontent de ces renseignements, les
salua d'un signe de tête, et ayant assujetti les pieds de
Jean-Louis dans ses mains qui lui servaient d'étriers, il
marcha encore quelque temps, jusqu'à ce que Philippe le
relayât.

L'orage avait fait place au beau temps quand le comte
revint avec sa petite troupe à la villa, où il trouva sa femme
et Mme de Vareilles occupées à couper des roses brisées
par la pluie au jardin.

L'abandon de Jean-Louis intéressa tout de suite l'excellente mère de Roger. — Il faut d'abord baigner cet enfant,
dit-elle, après on le fera dîner. Y a-t-il trois heures que tu
n'as mangé, moutard ?

— Il y a plutôt trois jours, fit-il de son air fûté. La
robuste femme l'emporta dans ses bras, le déshabilla en un
tour de main, et le jeta dans l'eau tiède de sa baignoire.

Cris du gamin en chemise, et exclamations de la vieille
dame lorsqu'elle vit un macaque sortir de la veste jetée à
terre et se percher, effaré, sur les robinets de cuivre.

— Quel est ce second singe, petit laideron ? demanda-
t-elle. Et sans attendre de réponse, elle frotta ou plutôt étrilla
le gamin qui glissait dans la baignoire avec des gestes de
peur très comiques.

La porte de la salle de bains s'entr'ouvrit et le bras de
Mme de Varanville laissa tomber un paquet de vêtements
ayant appartenu à Loulou qu'elle donnait à Jean-Louis.
Le pauvre enfant battit des mains quand il se vit si bien vêtu.

— Je vais donc avoir des bas et des culottes courtes
comme les enfants des riches, dit-il. Ah ! qu'on est bien là
dedans !

Quand il fut prêt, Mme de Vareilles le prit sur son bras,
tandis qu'il portait lui-même sur le sien le ouistiti, et cette
pyramide vivante s'achemina vers une tonnelle du jardin
où les Varanville et les deux Desroches se trouvaient
réunis.

— Hélas ! qu'ai-je fait ? s'écria Mme de Vareilles. J'ai
oublié de couper les cheveux de ce petit monstre, et c'est
ce qu'il a de plus sale et de plus répugnant. Je crains
d'avoir des nausées en touchant à cette perruque embrouil-
lée et peut-être habitée.

— Passez-moi Jean-Louis, je vous prie, dit Henriette en
s'emparant des grands ciseaux de son nécessaire de travail ; je crois avoir assez de courage pour tenter l'opération...

Depuis quelques instants, Giselle errait autour de la
tonnelle. Elle aurait voulu que Roger fût là pour voir son
amie et pour mieux juger son cœur. Justement elle l'aperçut au bout de l'allée, courut à lui, et le prenant par la
main, elle lui montra la tonnelle et la scène qui s'y dérou-
lait.

Les oiseaux de la jeune fille criaient dans les cheveux de
l'enfant, et de longues mèches en broussailles tombaient,
fauchées; quand le crâne de Jean-Louis devint bleu et nu,
elle parut contente et lui administra une petite tape sur la
joue.

— Qu'est-ce que je dois au barbier, demanda l'espiègle,
dix sous peut-être bien ?

— Non, un baiser, dit-elle gentiment.

Elle lui tendait sa joue pour en être embrassée, pensant
que c'est la meilleure aumône que le pauvre puisse faire
au riche, mais elle le repoussa vivement en voyant Roger
entrer sous le berceau de feuillage. Elle s'entêtait dans sa
prétention de haine vouée aux enfants. L'effet n'en était
pas moins produit, et Roger, heureux de la découverte,
lança un regard de reconnaissance à Giselle.

On fit dîner Jean-Louis à la table de Mme de Vareilles, et
à huit heures, Roger et Philippe le menèrent coucher.
Depuis bien des années ce pauvre être errant n'avait pas
vu un lit; la terre humide ou sèche lui en servait; coucher
dans une grange lui semblait un luxe inouï. Au lieu de se
glisser sous les couvertures, comme tout le monde, il se

faufila d'abord sous les deux draps, puis il demanda aux jeunes gens :

— Où met-on la tête ? où pose-t-on les pieds ?

Malgré son ignorance du bien-être, il trouva l'oreiller assez doux, car, cinq minutes après, il ronflait.

— Il n'y a qu'une chose à tenter, disait en bas M. de Varanville. — Je vais écrire au préfet du département en lui recommandant cet enfant « moralement abandonné » et en sollicitant son admission dans une maison de refuge où on lui enseignera un métier.

— Le préfet, en ce moment en congé, est à Houlgate, auprès de sa femme, interrompit Mᵐᵉ de Vareilles. C'est donc moi qui lui écrirai.

Elle écrivit un petit billet éloquent — car la charité lui soufflait les mots — et le fit porter aussitôt.

Malgré cette bonne action, qui aurait dû la mettre en joie, Mᵐᵉ de Vareilles se montra de mauvaise humeur, le lendemain matin. Jean-Louis avait piétiné dans ses plates-bandes et cassé des branches d'arbres au jardin ; Mᵐᵉ Jousselin ne se réchauffait point dans sa guirlande de cruchons, et Roger, chargé d'aller chercher le docteur, ne reparaissait pas.

— Mon fils est l'inexactitude même, dit-elle aux Varanville réunis. Il va retarder le déjeuner, et toutes nos occupations de la journée s'en ressentiront. Quand il viendra, je lui tirerai les oreilles pour lui apprendre à se moquer de moi.

Il lui arrivait souvent de morigéner son fils comme un
collégien, aussi capable, dans sa brusquerie affectueuse, de
déposer un baiser sur l'une de ses joues, qu'un soufflet
sur l'autre. Comme elle achevait sa phrase, un homme
grand, mince et élégant entra; oubliant sa désastreuse
myopie, Mme de Vareilles se jeta sur lui et lui tira l'oreille.
Elle jeta un cri : c'était le préfet du département.

Mais lui, très galamment, baisa la main de la vieille
dame en lui disant qu'il comprenait d'autant mieux son
erreur qu'il était myope lui-même et qu'il lui était arrivé
de prendre des bocaux rouge et vert d'une pharmacie pour
des lanternes d'omnibus.

Cet incident mit tout le monde en gaieté, excepté Mme de
Vareilles qui avait arboré son lorgnon, dont elle n'avait
plus besoin maintenant. On causa gaiement de l'avenir de
Jean-Louis. Le préfet quittait Houlgate le jour même, il
offrit d'emmener l'abandonné à Caen, et de le faire admettre
dans un asile.

— Et mon singe? demanda Jean-Louis. On ne voudra pas
de Dagobert. Que va-t-il devenir?

— Laisse-le-moi, murmura Fabien, je le rendrai heureux.

L'enfant mit le singe dans les bras de monsieur Fa,
puis il embrassa les personnes qui l'avaient recueilli et
protégé. Il eut la pensée de baiser la main de Guy; si les
passants des grandes routes l'avaient souvent humilié,
abaissé, cet homme-là l'avait relevé, il le sentait confusé-

ment, mais il n'osa pas le toucher. Devant Henriette, il s'arrêta interdit.

— Adieu, Jean-Louis, fit la jeune fille en serrant la petite
main calleuse dans les siennes, et en détournant la tête
pour que Roger ne la vît pas pleurer.

Le jeune gars partit, les poches bourrées de sous, de
gâteaux et de billes donnés par Philippe. A la gare, il fut
très content d'être vu avec un beau monsieur que tout le
monde saluait — et de ne pas saluer à son tour son ennemi
le gendarme, qui le trouvait bon pour la prison, en
compagnie de vauriens.

CHAPITRE VI

Le mariage d'Henriette était fixé au 25 août. Il devait
avoir lieu à Houlgate plutôt qu'à Paris, afin de garder un
caractère tout intime. Si Mlle de Varanville n'avait pas toutes
les vertus de son père, elle en possédait une du moins qui
a bien son prix, c'est la simplicité, l'une des plus charmantes qualités qu'une femme puisse apporter en dot à son
mari.

Heureux de découvrir peu à peu une réelle bonté dans
celle qui devait être sa femme, Roger disait que les fian-
çailles ont aussi leur lune de miel, et il s'efforçait de plaire
en toutes choses à la famille dans laquelle il allait entrer.

Assez bien rétablie, Mme Jousselin continuait à se montrer
morose parce qu'elle s'ennuyait hors de chez elle et loin
d'Hortense. Pourtant on l'honorait, on l'adulait comme
une idole. Les Varanville et les Vareilles mettaient leur
orgueil à la rendre heureuse, à lui témoigner un profond
respect ; Guy, en particulier, avec son désintéressement

chevaleresque, prétendait qu'une vieille femme soignée, conservée par le dévouement des siens, recommande sa famille, comme un drapeau usé honore le régiment.

La grand'tante daigna mettre sa signature au bas du contrat de mariage d'Henriette, mais ce fut tout ; dans sa méfiance, elle exigea que le principal clerc de notaire lui lût ce papier timbré, pour être plus sûre de ne point signer la sentence de mort de sa fortune.

Non, non, elle ne voulait point se dépouiller de son vivant. Elle ferait son testament quand elle serait de retour à Paris et selon les bons procédés qu'on aurait pour elle.

En attendant, les cadeaux que recevait Henriette l'exaspéraient et elle traitait d'usage inconvenant la mode de les exposer.

— Oui, oui, disait-elle à Thérèse, c'est pour avoir encore mieux, qu'on met ainsi les merveilles d'un trousseau en avant, et les objets médiocres dans l'ombre. Une jeune femme devrait se contenter d'avoir trois robes en se mariant. Tout ce luxe d'aujourd'hui augmente chez elle le goût de la dépense : c'est comme une cuiller trop grande donnée à un enfant, cela ne sert qu'à lui élargir la bouche.

Cependant, comme on ne lui avait rien demandé par contrat de mariage et qu'elle s'en réjouissait secrètement, elle fit venir de sa maison d'Evreux deux robes en pièces qui dataient de son jeune temps, et qu'elle offrit en grande pompe à Henriette.

Comme les brillantes toilettes de Peau-d'Ane, ces étoffes méritent certainement une description.

Mme Jousselin déploya d'abord sous les yeux de la fiancée quatorze mètres d'un satin rose de Chine, qui flambait comme de la braise, nuance démodée aujourd'hui, puis une soie Pompadour dont les couleurs étaient aussi violentes. Dans une raie noire se dressait un bleuet, tandis que dans une raie blanche courait un léger feuillage, proche parent du persil. La grand'tante mit enfin le comble à ses générosités en offrant à Henriette un oiseau de paradis, qui serait, disait-elle, d'un charmant effet sur un chapeau fermé qu'elle adopterait sans doute quand il lui faudrait rendre des visites.

Personne ne sourit; seul, Loulou s'empressa de formuler une opinion quand la vieille dame sortit.

— Riquette, je t'en prie, tu transformeras en canapé la robe Pompadour, et tu le couvriras d'une housse pour ne plus voir cette affreuse salade de petits bouquets.

Philippe gronda vertement le petit étourdi. — Henriette ne suivra pas ton conseil, dit-il. Dénaturer un bienfait, c'est le renier en quelque sorte. Tous les présents qu'on nous fait, ne vous sont pas également agréables, mais c'est l'intention que nous devons considérer, et non le résultat.

Mme de Varanville intervint aussitôt dans la discussion, et parlant avec une certaine amertume :

— Loulou est bien jeune pour te comprendre, Philippe, et tu n'as pas assez d'expérience pour lui donner des

leçons. D'ailleurs, ton père est là ; et le rôle de moraliste
lui convient mieux qu'à toi.

Le jeune homme baissa la tête, habitué à s'entendre
donner tort. Le mariage de sa sœur devait lui apporter une
autre cause de tristesse.

En principe, il avait été convenu que Philippe serait le
garçon d'honneur d'Henriette et donnerait la main à
Giselle. Il était fier, comme on l'est à son âge, de lui servir
de chevalier et de jouer son rôle dans la cérémonie. Il
demanda même à voir la robe blanche de la jeune Desroches, ce qui étonna tout le monde, car on ne lui connaissait que des goûts sérieux, et ils répétèrent plaisamment
tous deux une façon de marcher et de saluer, qui était tout
à fait gracieuse.

L'arrivée d'une caisse apportée par un homme du chemin de fer mit fin à cette joie enfantine. La comtesse
déballa triomphalement de jolis vêtements de laine blanche,
et de foulard d'un bleu pâle, en s'écriant :

— Comme Loulou va être gentil habillé en marin !

Philippe avait compris : il sortit, le cœur ulcéré.

— C'est un costume de marin... qui n'irait pas sur l'eau !
fit Loulou en examinant avec soin le col et les parements
de soie claire.

M. de Varanville donna une commission à l'enfant pour
l'éloigner, et, resté seul avec sa femme, il lui témoigna son
mécontentement, ce qu'il n'aurait certainement jamais fait
devant son fils.

— Ma chère Thérèse, lui dit-il, comment m'expliquerez-vous qu'avec tant de qualités vous soyez parfois aussi injuste? Qu'avez-vous à reprocher à Philippe? Il a un caractère droit et loyal; il est exact, travailleur, plus sérieux qu'on ne l'est à son âge. C'était à lui que revenaient

les attributions de garçon d'honneur; il y comptait, et c'est une cruelle déception que vous lui infligez en l'écartant. Louis prend toujours la première place, non seulement dans votre cœur, mais dans tous les événements de notre vie. Nous devions avoir quelque considération pour notre aîné, cependant.

— Philippe a un mauvais caractère, répondit la comtesse,

pour justifier sa rigueur ; il est sombre, taciturne, il
boude des semaines entières, on dirait qu'il hait son petit
frère.

— Ce serait votre faute et non la sienne. Ma chère femme,
vous jugez mal notre enfant. Il a de l'orgueil, mais une
véritable sensibilité. On est pauvre deux fois quand on est
fier parce qu'on ne mendie ni l'argent ni la tendresse de
personne. Philippe s'éloigne parce qu'il a été humilié,
froissé, mais sa colère tomberait devant un sourire de sa
mère. Soyez bonne pour lui, comme vous l'êtes pour tout
le monde ; tendez-lui la main, rendez-lui sa place au
mariage de sa sœur où il fera bon effet, je vous assure, à
côté de notre jolie petite amie Giselle... Allons, un bon
mouvement.

— Non, dit Thérèse avec entêtement, je tiens à mon idée ;
les deux quêteuses sont des enfants et doivent être accom-
pagnées par de petits garçons...

— Allons, dit le comte en riant, quoique très fâché, je
vois bien que l'esprit des femmes est semblable à une
balance faussée que rien ne peut redresser. Vous écoutez
vos nerfs au lieu de prendre conseil de la raison, c'est
dommage...

C'était la première discussion qui s'élevait dans ce bon
ménage ; les deux époux en restèrent attristés et sous une
impression pénible : on ne remue par le feu sans en faire
jaillir des étincelles et quand on touche certains sujets, en
famille, on s'y brûle les doigts.

C'était un grand plaisir pour Fabien et pour sa sœur.

Ce fut un mariage très gai que celui de M⁣ᵉ de Varanville. Comme tous les habitants et baigneurs d'Houlgate ne
pouvaient tenir dans l'église, il en vint la moitié sur le pré
qui entoure ce monument neuf. Ces naïfs curieux avaient
gardé le costume de la plage, les hommes le veston de
laine, les femmes leurs robes rouges ou blanches; il y avait
tant d'ombrelles roses, jaunes et écarlates, qu'on eût dit

de loin un parterre de tulipes. Des amateurs de crocket faisaient leur partie, sans se gêner, sur une bande de terrain
et ne s'interrompirent qu'en entendant les cloches tinter;
de jolies amazones juchées sur leurs montures saluèrent
la mariée en élevant gracieusement leurs cravaches. Le
baigneur, jambes nues, se contenta d'ôter sa pipe de sa
bouche en signe de respect, et la marchande de gâteaux,
éblouie par ce beau monde, faillit tomber en avant sur son
éventaire de brioches. Les enfants distingués creusaient des
trous profonds dans la terre, avec de larges pelles, comme
à la plage, et les gamins du pays, en bonnet de coton,
pieds nus, s'élancèrent sur la majestueuse queue de la robe
d'Henriette qui leur servit de traîneau pendant quelques

secondes : ils réclamaient des sous, d'une voix stridente.

— Place, méchante petite race, cria la tante Jousselin, avant de remonter en voiture, ce n'est pas moi qui vous donnerai un liard : j'ai mes pauvres à Paris. — Allons, laissez-nous passer.

Ah ! le charmant tableau, gai comme une aquarelle, que ce mariage, champêtre embelli par toutes les élégances parisiennes, et où il se trouvait plus d'invités qu'on n'en avait convié !

Il vint même quelqu'un qu'on n'attendait pas...

Mirza, restée seule à la villa des Tamaris, s'y ennuyait à mourir. Après un mouvement inusité, la maison était redevenue calme et silencieuse. La chienne vit sa maîtresse monter en voiture et un grand nombre de personnes la suivre, à pied ou autrement, y compris les domestiques.

Elle, la plus fidèle amie d'Henriette, se trouvait enchaînée à une niche verte abandonnée depuis la mort du dernier dogue de Mme de Vareilles, et en face d'une gamelle sèche et vide. Justement irritée, Mirza tira sur sa chaîne sans ménagement pour son cou et les cordes de sa voix ; l'ayant rompue, elle monta sur le toit de sa prison, et, en un seul bond, franchit la haie et se trouva dans la rue.

Son instinct et son attachement pour Henriette la conduisirent sur le pré envahi par la foule. Elle vit venir sa jeune maîtresse au bras de Roger, mais, aussitôt écartée par lui, elle sauta en l'air joyeusement, touchant de ses pattes le dos de Mme de Vareilles.

— Oui, dit la dame myope, croyant qu'une de ses amies l'abordait brusquement, poussée par les curieux — ma belle-fille est charmante. Mon fils et moi nous voulons la rendre heureuse.

Dans la suite, les deux familles s'amusèrent beaucoup de cet incident, et on remarqua que Mirza n'avait pas été à la mairie, sans doute pour ne point entendre lire les articles

du Code et pour protester contre le législateur qui a écrit : — *Nul n'est censé ignorer la loi.* La bonne bête voulait l'ignorer toujours.

. . . .

Henriette et Roger ont abandonné la villa des Tamaris pour entreprendre leur voyage de lune de miel. Ils iront à Jersey et à Guernesey et accepteront la proposition de miss Sibyl Sullivan qui les a engagés à passer une quinzaine de jours dans sa « cabane » fleurie de Debdeen, près Southampton. Pauvre gouvernante ! elle a voulu donner à son élève une preuve d'affectueux souvenir et lui a envoyé, à l'occasion de son mariage, un superbe pudding, œuvre de ses mains.

Malheureusement miss Sullivan n'est pas une aussi grande artiste en gâteaux qu'en éventails, elle ne manie pas la pâte et les raisins de Corinthe aussi facilement que sa palette et ses pinceaux.

Son envoi était lourd et les Varanville, les Desroches et Mme de Vareilles réunis ont mis huit jours à détruire à coups de fourchette ce monument national de la vieille Angleterre.

La brave fille n'en a pas moins été remerciée très vivement, car nos amis ont plus de mérite à se souvenir de nous quand nous sommes absents qu'à se montrer aimables quand nous sommes près d'eux.

Les adieux des jeunes mariés à leur double famille n'ont pas été tristes, la séparation sera courte et l'on se retrouvera à Paris. Thérèse y ramènera la grand'tante, dont la santé laisse à désirer depuis le jour où elle a gardé imprudemment des vêtements mouillés sur elle.

La jeune Mme de Vareilles, avant de s'embarquer, avait confié le soin et le gouvernement de Mirza à son amie Giselle, sachant bien qu'elle lui donnerait un tapis dans sa chambre, une bonne pâtée à des heures régulières et de l'eau fraîche à discrétion.

C'était un grand plaisir pour Fabien et sa sœur de descendre au jardin avant le réveil des habitants de la villa, l'un tenant Dagobert sur son bras, l'autre retenant Mirza bruyante et joyeuse par le collier.

M. Fa descendait aussi une plume, un encrier, et le gros cahier où il devait écrire ses « devoirs de vacances ». Nous devons avouer que ce précieux recueil, destiné à ravir l'architecte Desroches sur les progrès intellectuels de son fils, contenait plus de pages blanches que de pages noircies, sans compter celles que l'écolier avait arrachées, après y avoir dessiné un grand nombre de guerriers romains fumant la pipe, coupable anachronisme, dont il n'avait aucun remords.

Pour ne pas écrire sa leçon, M. Fa griffonnait sur une série de carrés de papier : potion nº 145,237 ; mixture selon la *formule* 175,313, liniment 1,840 et *gargarisme* pour l'usage *externe*, dernière erreur aussi grave que celle qui consistait à attribuer l'usage du tabac aux Romains.

Ce jeu trompait sans doute quelque désir combattu, ou peut-être le pauvre enfant, à force de vivre avec une malade, avait-il pris auprès d'elle le goût des fioles et des étiquettes.

— Décidément, lui dit sa sœur qui le surprit dans cette occupation, tu veux être pharmacien. Si papa savait cela, il serait navré, car il est très ambitieux pour toi.

— Je ne sais pas à quoi je voudrais travailler, dit le petit garçon. J'aimerais soigner de pauvres gens misérables, comme Jean-Louis. Dis-moi, Giselle, veux-tu que nous nous amusions avec Dagobert? Habille-le en dame, assieds-

le sur tes genoux, je lui donnerai une consultation, il fera
les gestes et tu répondras pour lui.

Giselle trouva vite quelques chiffons, et en quelques
minutes le singe fut affublé d'une jupe, d'un fichu en guise
de châle, d'une mantille à l'espagnole et d'une rose sur
l'oreille.

— Je ne sais ce que j'éprouve, docteur, fit Giselle d'une
voix languissante, en parlant derrière la petite tête du
singe, mais, depuis longtemps, je souffre de cruelles migraines...

— Un mal héréditaire sans doute ? interrompit M. Fa en
imitant le médecin de sa mère. Est-ce que votre père et
votre grand-père en avaient, madame ?

— Je ne sais pas, répliqua Giselle pour cette malade de
convention qui était muette. J'étais si jeune lorsque j'ai
quitté mon pays, car je suis créole, monsieur le docteur.

— Cela se voit à votre teint; toutes les femmes de la
Créolie en ont un semblable, reprit le savant docteur d'un
air entendu. Mais j'ai deviné tout de suite que vous aviez
des migraines, la maladie des jolies femmes.

Ce compliment ne toucha pas Dagobert, qui, après une
grimace effroyable, sauta sur l'épaule de Giselle et se gratta
vivement les côtes.

— Je vois ce que c'est, poursuivit Fabien. Votre rire
révèle un état nerveux inquiétant, madame, et puis comme
vous vous grattez — je me garderais bien de dire que vous
avez des puces — j'en conclus qu'une maladie de peau vous

tourmente. Un séjour aux Eaux ne serait pas inutile. Dites-
moi tout de suite auxquelles il vous serait agréable d'aller ?

— Mais Fabien, tu te trompes ! s'écria Giselle. Ce n'est
pas ainsi que les choses se passent. Un médecin ne demande
pas à sa cliente à quelles eaux elle veut se rendre, il l'y
envoie. Le petit garçon demeura interdit, il croyait si bien
jouer son personnage ! Cependant il reprit avec aplomb :

— Madame la Créole, votre cas m'embarrasse et m'empêchera certainement de dormir. J'assemblerai mes confrères et je leur demanderai une consultation... pour moi.
J'ai grand besoin qu'ils me tirent d'affaire, car je ne sais
pas du tout s'il faut vous expédier à Vichy, à Aix ou au
diable... Et, se levant d'un air tout à fait empesé et officiel,
il reconduisit sa cliente et Giselle, qui jouait auprès d'elle
le rôle de dame de compagnie.

Adieu, je ne vous retiens pas, mesdames, car mon salon
est plein de monde. Voici une ordonnance. J'en ai de toutes
faites dans mon tiroir, cela me fait gagner du temps.

— Bonsoir, bonsoir, docteur, fit Giselle en agitant la
patte du singe en signe d'adieu.

— Permettez-moi, ma chère cliente, de baiser votre main,
car un médecin aime toujours ses premiers malades...

— A moins qu'il ne les tue, s'il est ignorant comme toi,
dit Giselle en riant.

Un bruit de voix, près d'eux, arrêta net leur jeu. Le duo
peu harmonieux d'une dispute se faisait entendre et les
jeunes Desroches en reconnurent vite les chanteurs.

C'était Loulou qui taquinait Philippe occupé à lire tout en se balançant dans un fauteuil américain, à l'ombre de la maison. Un soufflet bien franc retentit, réponse faite à deux petits doigts qui venaient de pincer hypocritement le bras du grand frère.

— Qu'est-ce ? dit Mme de Varanville en poussant la persienne de sa fenêtre. Vous vous querellez encore ? Quand donc finira cette guerre entre vous ?

— Philippe m'a *giflé* à me renverser par terre, maman, cria le petit dénonciateur. Une fluxion va *pousser* sur ma joue, cette nuit, j'en suis sûr.

— Que dira mon fils aîné pour sa défense ? demanda la comtesse.

Philippe quitta sa place, et se garantissant du soleil avec son chapeau de paille qu'il tenait à la main, il leva lentement la tête vers la fenêtre ouverte :

— Louis ne vous dit pas qu'il me tourmente depuis une heure, ma mère. Il me jette du sable dans les yeux, me bat et me pince. Enfin, je n'ai pas eu la patience de supporter ce moucheron méchant.

— Et vous avez commis un acte de lâcheté, dit sévèrement la comtesse, car le fort ne doit pas frapper le faible.

— A condition que le faible, se prévalant de son état, ne martyrisera pas le fort.

— Est-ce à moi que vous parlez de la sorte, Philippe ?

— Oh ! ma mère, si je vous ai manqué de respect, je vous en demande pardon : je ne crois pas avoir tort vis-à-vis de mon frère.

— Si.

— Battu ! tu es battu, le grand, poursuivit Louis avec une physionomie méchante et railleuse.

Philippe, pâle de colère, arrêta son frère par le bras.

— Je ne te parlerai plus, lui dit-il d'un air menaçant. Ne te place pas sur ma route en me narguant, car je suis violent, et quand je suis exaspéré, je ne sais plus ce que je fais. Il pourrait t'arriver malheur.

Il s'éloigna, sans se douter de l'importance que prendrait à un moment donné ce propos imprudent. Nous ne devrions pas permettre à la douleur, quand elle nous affole, de parler le même langage que la haine.

Quand le jeune homme reparut au déjeuner, sa colère était tombée comme un feu de paille. Séparé de Louis par toute la longueur de la table, il lui adressa un bon sourire auquel le petit garçon répondit par un froncement de sourcils olympien ; il éprouvait à la fois un bonheur de dieu et de pygmée à remporter une victoire d'amour-propre sur le « grand » qu'il détestait cordialement depuis le matin.

Giselle observait ces petits faits avec inquiétude ; ces

heures de discorde sont lourdes, et semblent lentes à s'écouler.

Au dessert, Mme de Vareilles proposa à Philippe de l'emmener dans l'une de ses propriétés située près du *Désert*, promenade célèbre entre Houlgate et Villers. Elle avait là une chasse réservée, où son fils et elle-même s'amusaient de loin en loin à mettre à mort quelques lapins et quelques oiseaux.

— L'année dernière, dit modestement Mme de Vareilles, je n'ai guère abattu que des branches d'arbres et des brins de bruyère. Les myopes sont les amis et les protecteurs naturels et involontaires des bêtes à plume et à poil. Malgré cela, ajouta-t-elle, le bruit de la poudre m'amuse et quand j'ai fait peur à une timide petite caille, je m'imagine avoir fait du tapage dans le monde entier.

— Je veux qu'on m'emmène à la chasse, moi, cria Loulou au moment où l'on sortait de table.

— Non, Louis, tu es trop jeune, dit le comte.

L'enfant gâté haussa les épaules irrespectueusement.

— Le garde champêtre ne va pas sortir d'un terrier pour me demander mon permis, dit-il d'un air suffisant; chez soi, on fait tout ce qu'on veut. Je pense que je m'amuserai beaucoup en regardant Mme de Vareilles manier son fusil. Donc, je vous suis.

— C'est déraisonnable, c'est fou! répéta M. de Varanranville très contrarié. Si ta mère consent à cela, je serai obligé de t'acompagner pour prévenir quelque imprudence.

— Quelle imprudence ? demanda le jeune révolté. Sans fusil, je ne pourrai pas me tuer, même avec beaucoup de bonne volonté.

— Il y a à craindre une maladresse de cette bonne Mme de Vareilles, dit Philippe qui pouvait en ce moment parler ouvertement, car la dame aux moustaches et aux mauvais yeux avait été revêtir son costume de chasse vert à brandebourgs noirs et des bottes de sept lieues, assez fortes pour traverser des marais et un kilomètre de broussailles.

— Vous êtes tous cruels pour ce pauvre enfant ! s'écria la comtesse. Il s'agit de lui accorder un divertissement innocent. Il ne peut rien lui arriver.

Comme toujours, ce fut la volonté de Louis qui l'emporta. O parents faibles, comme vous êtes fautifs lorsque vous n'arrachez pas les caprices de vos enfants comme des dents de lait gâtées, sans vous soucier de leurs cris !

Quatre personnes et deux fusils seulement prirent place dans le break de Mme de Vareilles ; Mirza, réjouie par la vue des armes à feu, s'était invitée, sans autre formalité. Loulou s'extasiait devant les fameuses bottes de Mme de Vareilles.

— Quand les orties vous disent bonjour, vous ne les sentez pas, dites ?

D'abord la chasseresse mena ses hôtes voir le *Désert* qu'on devrait appeler plus justement le *Chaos*. De gros rochers recouverts de mousse et de petites fleurs sauvages semblent avoir été jetés là par la lourde main d'un géant. On peut y descendre par un pré qui entoure une ferme nor-

mande très coquette ; on peut aussi y monter de la plage.
On prit le premier chemin et après un quart d'heure d'admiration accordé à la mer bleue étincelant au soleil, on
remonta en voiture, prosaïquement.

Puis on arriva à un vaste enclos où régnait un garde fai-
néant, bien appointé, plus heureux que le roi d'Yvetot
parmi ses sujets, et possesseur fictif d'un bois épais, d'un
verger et de plusieurs champs.

— Avez-vous une bonne vue et la main sûre ? demanda
Mme de Vareilles à Philippe, en s'embusquant sur la lisière
du bois avec le sérieux d'un homme et le sang-froid d'un
braconnier.

— Je tire le pistolet aussi bien que mon père, seulement,
c'est la première fois que je chasse, répondit Philippe.

— Alors, silence. Toi, Louis, tiens-toi loin de nous, et
regarde, et vous, brave père qui lui servez de bonne d'enfant, cherchez-lui un abri.

Mirza s'élança en avant et Philippe la suivit en sondant
les taillis du regard. Arrivé auprès d'une haie et entendant
la chienne aboyer de l'autre côté, l'aîné des Varanville se
décida à sauter par-dessus l'obstacle, son fusil à la main,
le canon dirigé horizontalement en arrière. Au même moment, soit que le ressort trop doux de l'arme se fût mis à
jouer spontanément, soit qu'une branche eût frôlé la
détente, une double détonation se fit entendre, suivie aussitôt d'un cri déchirant.

Un triste pressentiment traversa immédiatement l'esprit

du jeune chasseur ; fou de douleur, il se précipita vers
l'endroit d'où les cris partaient pour y trouver son frère les
yeux inondés de sang et les traits contractés par la souffrance.

Avec sa fougue habituelle, Louis avait lâché la main de
son père pour courir en même temps que la chienne, et il

était tombé au pied de la haie, blessé, sanglant, gémissant.

Le père, désolé, accourut, entravé dans sa marche par
Mᵐᵉ de Varcilles qui, suffoquée par l'émotion, se cramponnait à son bras. Déjà Philippe portait son frère dans la
maison du garde et l'étendait sur un lit.

Une heure après, le break, envoyé à Houlgate, ramenait
le jeune médecin du pays, la comtesse plus morte que vive,
et Giselle qui avait voulu la suivre.

Le docteur constata sur les paupières deux trous imperceptibles, presque symétriques, à l'intérieur desquels, son doigt découvrit la présence de deux petites nodosités, sans aucun doute, des grains de plomb.

— Ils n'ont pas atteint le globe de l'œil, dit-il ; la sclérotique demeure intacte ; seuls l'orbiculaire des paupières et la conjonctive sont intéressés.

La comtesse ne comprit rien aux mots techniques employés par ce jeune homme ; affolée, elle répétait toujours la même chose. — Mon enfant aveugle ! je ne veux pas ! je ne survivrai pas à ce malheur !

Aussi le docteur évita-t-il de l'écouter ; il resta sourd aux pleurs et aux gémissements du petit malade, et il enleva à l'aide de pinces, de la curette et du stylet les deux corps étrangers. Il prescrivit des lotions boriquées, promit de revenir le lendemain et regarda enfin son chronomètre, ce qui signifiait : « J'ai d'autres malades à voir. » Il demanda la permission de se retirer, et dans le trouble général, on le remercia à peine.

En voyant Louis plus calme, engourdi ou assoupi, la comtesse essuya ses larmes, les écarta comme un voile ; elle aperçut alors Philippe muet, debout au pied du lit, et fut ramenée à la réalité de la situation. D'un geste impérieux elle lui montra la porte.

Résigné, le pauvre enfant ne proféra pas un mot ; il s'agenouilla devant sa mère comme pour lui demander grâce. Elle répéta son geste.

Maman, fit Giselle en se dégageant...

— Ma chère amie, dit M. de Varanville en s'avançant, la douleur vous fait perdre la raison. Il s'agit d'un triste accident où notre fils a été plus malheureux que coupable. Il aimait son frère ; vous n'en douteriez pas, si, comme moi, vous l'aviez vu le porter dans ses bras.

— Il le haïssait ; ce matin même, il l'a menacé. Il est son meurtrier. En voyant Louis à terre, il n'a pas osé l'achever, voilà tout. Que Philippe s'éloigne, je ne veux plus le voir.

Le comte entraîna son fils plus loin dans la chambre du garde. — Retourne à Paris, mon enfant. Il ne faut pas irriter ta mère en ce moment. Tu sais bien que je veillerai sur toi. Je te rappellerai dès qu'elle sera calmée, dès qu'elle pourra comprendre comment les choses se sont passées : ah ! puisse ce jour venir bientôt !

— Si vous êtes *seul* à me rappeler, mon père, je ne reviendrai pas, dit fièrement Philippe. J'aime ma mère, et j'ai conservé pour elle, non pas un cœur de juge, mais mon cœur de petit enfant. J'obéis, je me soumets à l'exil imposé, mais c'est d'elle seule que j'accepterai mon rappel.

Il se dirigea vers la porte. Mᵐᵉ de Vareilles n'osa intercéder pour lui ; Giselle, sans hésitation, se mit aux pieds de la mère inflexible.

— Madame, je vous en supplie, ayez pitié de Philippe ! Vous ne pouvez lui pardonner ni l'embrasser, soit ; mais il part désespéré. On tend la main à son ennemi : ne la donnerez-vous pas à un fils qui vous aime ?

Le jeune homme balbutia un remerciement à l'adresse
de Giselle et se rapprocha en tremblant. Sa mère lui tendit
la main et se voila les yeux avec l'autre pour ne plus voir
celui qu'elle bannissait à tout jamais de sa présence.

CHAPITRE VII

— Quel bonheur de vous revoir, mes chéris ! Ne vous
donnez pas la peine de porter ces petits bagages, c'est moi
qui m'en charge. Mademoiselle Giselle, monsieur Fabien,
montez très doucement l'escalier. Votre pauvre maman
est fatiguée, c'est l'heure de sa sieste. Il faut la laisser tranquille jusqu'au dîner.

C'était Céleste qui parlait ainsi à ses jeunes maîtres, à
leur retour d'Houlgate, ne s'inquiétant que d'eux et s'em-
pressant si bien à leur service qu'elle n'eut pas un regard
pour la seconde voiture qui tourna dans la cour et d'où
sortirent successivement M. de Varanville, Mᵐᵉ Jousselin,
Mᵐᵉ de Varanville, le petit Louis, qu'il fallut porter dans
l'intérieur de la maison. Il avait le front et les yeux bandés,
et les joues très pâles.

Les jeunes Desroches entrèrent chez eux sur la pointe
du pied, puisqu'il ne fallait pas réveiller la pauvre femme

souffrante, et se rendirent directement à la cuisine, deve-
nue pour eux l'officine et le laboratoire des nouvelles du
logis.

— Alors... maman ne va pas mieux ?... demanda Giselle,
en s'approchant de l'oreille la moins sourde de Céleste.
Jamais il n'y a eu une plainte dans les lettres qu'elle nous
écrivait là-bas.

— Est-ce qu'elle voudrait jamais alarmer ses chers
petits ? Elle est si bonne et pense si peu à elle-même ! —
Oh ! elle ne paraît avoir rien de grave, seulement elle s'as-
soupit à chaque instant, et je m'en inquiète, moi, mademoiselle ; après cela, j'ai peut-être tort. — Voyez-vous, madame
votre mère est très active d'esprit, elle voudrait se rendre
utile, entreprendre mille choses, et comme elle ne le peut
pas, son cerveau travaille à vide, comme une meule qui n'a
rien à broyer.

— Pourvu qu'elle ne devienne pas plus malade, s'écria
Giselle. Nous ne pouvons pas plus vivre sans elle, qu'elle
sans nous. Et papa, que fait-il ?

— Il bâtit, il bâtit ! répéta la cuisinière, comme si, par
la répétition des mêmes mots, elle arrivait à une sorte de
musique imitative et à mieux rendre l'activité de son maître.
Le bâtiment va bien, à ce qu'il paraît, et ce soir, Monsieur
nous reviendra le dos tout blanc de plâtre.

— Ah ! dit Fabien.

— Alors, qu'est-ce qui le brosse ?

— Qui le rosse ? interrompit la sourde. Mais personne, je

l'espère bien ! Monsieur est très aimé de tout le monde et
en particulier de ses ouvriers.

Les deux enfants ne purent s'empêcher de sourire,

— Allons ! j'aurai dit encore une bêtise ! fit la pauvre
Céleste. Il faut me la pardonner. Quand le temps est à l'hu-
midité, je n'entends plus rien du tout. Vous allez goûter,
mes mignons, et vous me direz des nouvelles de mes confitures de fraises. Elles sont très réussies, cette année. Hortense, la domestique de Mme Jousselin me le disait hier encore,
et elle prétend qu'elle les ferait mieux que moi, si seulement sa maîtresse lui permettait d'y mettre du sucre...

Elle installa ses jeunes maîtres auprès d'une table en
bois blanc, aussi bien savonnée que le pont d'un navire ;
elle apporta deux couverts, des serviettes blanches, et
le pot de fraises en marmelade, profond comme une citerne,
puis elle se fraya un chemin, de l'endroit où se trouvaient
Giselle et son frère, à ses fourneaux, en écartant leurs
petits colis. Soudain un cri strident arriva jusqu'au tympan
de Céleste qui s'écria :

— Un paquet qui crie ! Qu'est-ce qu'il y a donc là-dedans ?

Fabien ouvrit un panier et en tira Dagobert effaré.

— C'est un ouistiti, dit-il.

— Ouistiti, c'est un beau nom, que vous lui avez donné
là, monsieur Fa, c'est presque aussi joli que « bengali »,
dit prétentieusement la vieille bonne.

— C'est le nom de son espèce, mais lui il en a un autre,
il s'appelle Dagobert.

— Eh bien ! Rigobert va goûter avec vous ; j'ai là un reste de dessert qui peut lui convenir ; vous savez bien ce qu'on appelle les quatre mendiants ? Il trouvera là de quoi éplucher et croquer.

Le singe fit bon accueil à l'assiette apportée par Céleste, il parut d'abord dédaigner les figues et les raisins secs, et de sa petite main avide, prit, avec un geste de voleur, autant de noisettes et d'amandes qu'il put en emmagasiner. Il mangea vite et logea de véritables provisions dans ses abajoues, tout en roulant des yeux comiques qui trahissaient les joies de sa gourmandise satisfaite.

Soudain un coup de sonnette retentit, et la cuisinière qui entendait mieux une cloche qu'une voix se précipita chez sa maîtresse.

— Est-ce que mes enfants sont arrivés ? Je dormais donc ? Il fallait me réveiller, Céleste ; je suis très pressée de les voir.

Et Mᵐᵉ Desroches ajouta intérieurement : Je ne les verrai peut-être pas longtemps.

Mais quand ils entrèrent dans sa chambre, elle s'efforça de donner une expression calme et reposée à ses traits. Elle étreignit ses chers petits avec force et, tandis qu'ils penchaient la tête sur son épaule, elle dissimula les larmes prêtes à tomber de ses yeux sur ces têtes blondes qui n'auraient plus son appui un jour. Elle sourit avec courage, en chassant cette idée fixe : Nous étions heureux ! Est-ce que je vais quitter ce monde après tant d'années écoulées en

pleine tempête, et seulement une heure passée dans un
port tranquille, où j'ai eu tant de peine à aborder ?

— Maman, fit Giselle en se dégageant, notre bonne nous
a parlé de ces longs sommeils qui t'engourdissent. Est-ce
bon signe pour ta santé, ou est-ce un mauvais symptôme ?
Si tu savais combien la moindre chose m'inquiète, petite
mère ! Je voudrais tant te donner mes forces ! A quoi me
servent-elles ? à courir, à sauter, tandis que si elles te
donnaient de meilleures journées, à toi qui les emploie si
bien, ce serait bien plus juste.

— Non, lui répondit doucement Mme Desroches, les événements suivent leur cours régulier. La jeune plante a
besoin de sa sève pour croître, pour voir ses rameaux
s'étendre, et le vieil arbre n'a plus qu'à se dessécher dans
un pénible déclin ; il meurt, feuille par feuille, branche
par branche ; il tombe à l'automne, et le bûcheron l'emporte
avant l'hiver.

— Mais, petite mère, s'écria Fabien, tu n'as pas quarante
ans ! Ni un arbre ni une femme ne sont vieux à cet âge. Les
chênes vivent jusqu'à cent ans, et bien plus. Une maman
est bien plus utile qu'un chêne ; elle ne devrait jamais
mourir...

L'arrivée de M. Desroches vint interrompre ce mélancolique entretien. Il était ravi de voir ses enfants si bien
portants, Fabien grandi, hâlé, bronzé « comme un vieux
loup de mer », Giselle conservant sa blancheur de beau lis
au soleil, devenant plus jeune fille, et plus svelte encore.

11

L'architecte ne savait presque rien des événements d'Houlgate. Sa fille lui décrivit le mariage d'Henriette, le cadeau des deux robes affreuses fait par Mme Jousselin ; elle parla de tous les curieux venus à la cérémonie sans y être invités, y compris Mirza qui avait rompu sa chaîne pour en être, bon gré, mal gré. Elle raconta l'histoire de Jean-Louis, trouvé dans un fossé boueux, appelé vaurien et vagabond par le gendarme et le garde champêtre, et quittant triomphalement la villa des Tamaris pour suivre M. le préfet... Il fut question aussi de l'oreille de ce fonctionnaire, tirée par Mme de Vareilles — sujette aux distractions...

— Voilà une étrange manière de recommander ses protégés, interrompit M. Desroches en riant. Malheureusement, elle ne réussirait pas à tout le monde.

Fabien, à son tour, prit la parole et raconta l'accident de chasse arrivé au petit Louis, le désespoir de Philippe, sévèrement jugé par sa mère et exilé par elle on ne savait où. M. Desroches bondit sur sa chaise. — Mes enfants, dit-il, vous auriez dû me dire les malheurs arrivés à nos amis, avant les événements heureux de leur séjour chez Mme de Vareilles. Comment ! il y a une heure que je suis ici à vous écouter, tandis que je devrais déjà être descendu pour offrir mes services à notre bienfaiteur...

— N'en fais rien, cher père, interrompit Giselle. Lorsque j'ai quitté Mme de Varanville, elle m'a répété plusieurs fois qu'elle nous suppliait de ne pas venir ce soir, parce que

Loulou est très fatigué ; un grand docteur a été appelé et
le petit blessé subira, dès ce soir, un douloureux examen.
La présence de l'un de nous gênerait toute la famille, et
nous devons avant tout rester discrets pour nous montrer
bons amis.

— Pauvre mère ! murmura Mme Desroches, quelle angoisse doit être la sienne ! Et pour nous, quelle inquiétude
jusqu'à demain ! La journée ne s'écoulera pas, j'espère,
sans que nous sachions quelque chose de la consultation...

Céleste vint annoncer le dîner, et toute la famille se rendit dans la salle à manger, les valides roulant doucement
la pauvre invalide dans son fauteuil. Les mets, plus nombreux que de coutume, faisaient honneur au talent de la
vieille cuisinière : ne voulait-elle pas se distinguer pour le
retour de ses jeunes maîtres ? Les œufs à la neige, notam-
ment, atteignaient la perfection. C'était le plat favori de
Fabien, et comme il adorait la crème vanillée, la vieille
domestique y avait laissé, comme par mégarde, tout le
bâton de vanille, qui flottait comme une petite gondole
noire au milieu des flots calmes de cet océan jaune.

— Qu'est-ce que tu as, Fabien ? lui demanda sa mère. Tu
ne manges rien, tu es tout triste ? On dirait que tu as un
regret... je n'ose dire un remords.

M. Fa se pencha vers l'oreille de Mme Desroches, et,
tout en larmes, il murmura : — J'ai un singe sur la conscience !

— Ce doit être gênant, surtout si c'est un chimpanzé de

grande taille, lui dit sa mère en riant. Voyons, explique-
toi, car je ne te comprends pas très bien.

Le pauvre petit chuchota quelque temps à l'oreille maternelle : il raconta que Jean-Louis lui avait confié son singe
en partant. Pouvait-il abandonner cet animal sans asile et
sans protecteurs ? Oh ! il s'agissait d'un singe « pas plus
gros qu'une marmotte » et qui ne mangeait presque rien.

Il n'osait avouer à son père qu'il ne se séparerait pas de
ce joujou vivant sans éprouver un vif chagrin.

— Oh ! maman, dit-il en terminant son récit, intercède
pour moi ! obtiens ici une petite place pour Dagobert.

Alors M⁽ᵐᵉ⁾ Desroches exposa tout haut ce que son fils
n'osait avouer, elle affronta les reproches et les ennuis
d'une discussion conjugale. La mère n'est-elle pas la sen-
tinelle avancée du mariage ? Les balles qui passent l'attei-
gnent la première, et elle va au-devant d'elles gaiement.

— Oh ! papa, s'écria Fabien, après l'éloquente avocate
de Dagobert, — mon singe ne te coûtera rien ; il ne paye
pas de contributions comme Mirza, et je partagerai mon
dîner avec lui, s'il le faut, plutôt que d'augmenter la dépense
du ménage.

— Oh ! Dagobert ne m'inquiète pas comme contribuable,
répliqua l'architecte, d'un air qui n'avait rien de terrible et
ne justifiait pas les craintes de Fabien. — Seulement, il
t'empêchera de travailler.

— Non, papa, je me lèverai à quatre heures du matin, s'il
le faut, et je *piocherai* l'histoire.

Monsieur Fa se montra enchanté de la négociation maternelle. Ce qu'il avait le mieux retenu de la vie de Napoléon, c'était l'exécution du duc d'Enghien, et il redoutait pour son cher Dagobert un sort tout semblable, une con-

damnation à mort exécutée, non dans un fossé, chose inconnue rue Cardinet — mais le long du mur blanc du jardin.

Et Dagobert, nature fine et pleine d'intuition, déploya mille grâces pour se faire bien venir de l'architecte; trop vif pour avoir les manières empesées d'un diplomate, il fut familier à la façon d'un bohémien bon enfant, plus

habitué à errer sur les grandes routes qu'à jouer un rôle
dans les salons. Il mangea tout de suite dans la main de
M. Desroches, but dans son verre renversé, fouilla dans
ses poches, gratta alternativement ce front d'homme sérieux
et sa tête de gentil saltimbanque avec une touchante frater-
nité. L'eût-on métamorphosé en homme cinq minutes, il
en aurait profité pour emprunter de l'argent à son nouvel
ami.

— Où vas-tu loger ton singe, Fabien? demanda Mme Desroches. — Si nous le laissons en liberté, il cassera la pendule et les quelques bibelots que nous possédons. Il faudrait
lui acheter un perchoir et une chaîne, comme à un perro-
quet, et quand il aurait été sage, on le délivrerait et on lui
accorderait une récréation comme à un écolier.

— Si papa le permet, j'irai voir au grenier si je ne trouve
pas de quoi construire ce perchoir moi-même, maman.

En effet, M. Fa ayant obtenu la permisson désirée,
rapporta du grenier quantité de vieilles caisses, un manche
à balai, une vieille chaîne de sûreté rouillée, puis il alla
prendre dans sa chambre son établi, ses outils de menuisier — le joujou de jour de l'an qui lui avait causé le plus
de plaisir — et de plus sa boîte d'aquarelle. Aussitôt il se
mit à l'ouvrage, à côté de son père qui dépouillait sa correspondance sous les petits yeux toujours en mouvement de
Dagobert, et auprès de sa mère et de sa sœur, qui travail-
laient à l'aiguille sous l'abat-jour blanc de la lampe.

Nous avons déjà constaté que Fabien était aussi adroit

de ses mains que maladroit de ses pieds et de ses jarrets.
D'une boîte ronde qui avait pu servir autrefois au transport
d'un bouquet de Nice, il fit la base du perchoir ; le cou-
vercle retourné formait une sorte de plate-forme ou d'es-
planade avec parapet circulaire ; cet espace une fois
sablé, Dagobert pourrait y établir sa promenade. Planté
au milieu de la caisse, le manche à balai vit tout à coup
des branches droites — sans feuilles ni fleurs, il est vrai,
— lui pousser. C'étaient les degrés de l'escalier sur lequel
désormais le singe allait se mouvoir, passant sa vie à
monter et à descendre, comme les habitants du mont Saint-
Michel parmi lesquels on compte beaucoup d'asthmatiques.

Dagobert fut posé sur le premier échelon, et il parut s'y
plaire. Ce fut tout autre chose quand on lui attacha à la
patte la chaîne de sûreté d'une porte d'entrée. Elle était
beaucoup trop lourde pour lui. Le pauvre animal penchait
de côté comme les forçats vieillis au bagne, ou comme les
jeunes filles auxquelles on apprend à jouer de la harpe
avant que leur taille soit formée.

— Voilà qui ne va pas ! fit Mᵐᵉ Desroches en riant. C'est
moi qui ferai cadeau d'une chaîne plus légère à maître
Dagobert.

M. Fa remercia gentiment sa mère et poursuivit
sa tâche de menuisier avec activité. Il cassait les planches,
les clouait, avec un tapage assez fatigant pour la tête faible
de la malade, mais elle voyait son fils si heureux, et en
même temps si adroit et si capable dans ce qu'il avait

entrepris qu'elle se résigna à lui laisser faire autant de bruit
qu'un forgeron sur son enclume. Tout à coup, une chaise à
porteurs, assez grande pour contenir une poupée.... ou sa
majesté Dagobert, sortit de ces petits doigts créateurs,
d'une agilité merveilleuse.

— Les singes s'enrhument volontiers l'hiver, dit Fabien
d'un air doctoral, — et puisque mon fils n'est pas assez
riche pour avoir des chevaux et un équipage, il faut pourtant qu'il se promène sans danger pour sa poitrine délicate.
Giselle et moi, nous lui servirons de porteurs et le mène-
rons au jardin quand il y aura un joli petit rayon de soleil.
Avec un morceau de vieille étoffe je doublerai l'intérieur
de cette chaise. Quant à l'extérieur, je me charge des peintures et de la décoration artistique. J'imiterai le procédé
du vernis Martin et les quatre panneaux seront différents.

Il n'est rien de tel que d'avoir confiance en soi ! Moins
habile dans l'art du peintre que dans le métier de menuisier, le petit garçon avait déjà produit sur le papier un
grand nombre de barques sans voiles, flottant entre ciel et
terre, une série d'ânes à trois pattes, et une collection de
fleurs et de fruits qui ne « tournaient pas », il était donc
sûr d'avance que la chaise à porteurs, en résumant toute sa
science, serait un petit chef-d'œuvre. Il mouillait déjà son
pinceau entre ses lèvres quand sa mère lui dit :

— Si on te laissait faire, tu passerais la nuit debout,
mon enfant. Il faut pourtant que nous reposions tous. Vous
avez voyagé, ta sœur et toi. M. Desroches s'est occupé

Puis il saisit les mains rouges de la cuisinière...

d'affaires toute la journée, et moi je suis bien faible et bien fatiguée. Regarde un peu ton singe : il n'est plus sage du tout, et il faudra le priver de sa liberté le plus vite possible.

Dagobert, accroupi maintenant devant le foyer, imitait M. Desroches dans tous ses gestes, et, lui ayant vu déchirer ses lettres en fragments, il s'occupait à son tour d'en multiplier les petits morceaux ; il reprenait les enveloppes vides, les roulait en boule et les jetait dans la cheminée. Il était si comique dans ses mouvements qu'on riait de les  lui voir faire et qu'on lui pardonnait de bon cœur ses méfaits.

Céleste entra, elle apportait son livre de comptes à sa maîtresse, et resta debout pendant que celle-ci en vérifiait l'addition. Mᵐᵉ Desroches lui remit un billet de cent francs à changer pour le lendemain, ferma le livre dessus et le posa sur la table, puis elle se leva très péniblement pour gagner sa chambre, avec l'aide de son mari et de la domestique.

C'était l'heure de la retraite, chacun rangea son ouvrage ; il y eut un peu de désordre avant le rétablissement de l'ordre complet. Mᵐᵉ Desroches continuait à marcher à petits pas ; le père et les deux enfants restaient encore au salon.

— Avez-vous vu le billet de banque? demanda soudain l'architecte en soulevant le registre des comptes du ménage.

— Non, papa.

— Céleste l'aura peut-être emporté, fit observer Giselle. Il faut le lui demander puisque la voilà de retour.

— Céleste, avez-vous pris le billet de banque, l'avez-vous serré? dit l'architecte en criant consciencieusement tous les mots aux oreilles de la vieille bonne.

— Non, monsieur. La fenêtre n'est pas ouverte, il ne peut s'être envolé, cherchons-le.

On ne trouva rien. — Retournez vos poches! s'écria M. Desroches. Les difficultés d'argent l'avaient tant fait souffrir autrefois, que malgré son âme généreuse, il détestait voir gaspiller ou perdre une somme quelconque.

La cuisinière retourna les poches de sa robe et celle de son tablier, d'un air fâché. Elle rougit, se troubla, et une larme mal déguisée se fraya un passage sur ses rides profondes.

— Pourquoi vous troublez-vous? fit M. Desroches de plus en plus impatienté.

— Dame! Monsieur, c'est parceque vous me soupçonnez.

Elle avait élevé la voix pour la première fois depuis son arrivée dans la maison; elle prit un air insolent et ferma la porte d'autant plus fort qu'elle pouvait se rendre moins compte du bruit produit par le choc du bois contre le mur.

— Voilà qui n'est pas clair, ou plutôt qui l'est trop!

reprit M. Desroches de mauvaise humeur. Cette femme nous a dit souvent qu'on l'avait chassée des maisons où elle servait, à cause de sa surdité. C'était peut-être pour des raisons plus graves...

— Oh! papa! interrompit Giselle, Céleste est honnête, j'en répondrais! J'ai souvent entendu dire à ma mère que les domestiques voleuses gaspillaient aussi; celle-là ne dépense jamais un sou de trop.

— Elle est fort rusée, et aura voulu nous déguiser ainsi ses vols. Dans tous les cas, il faudra la surveiller, car nous ne pouvons pas la renvoyer sans preuves du fait qu'elle a commis.

Fabien gardait le silence, très peiné de l'événement qui terminait si tristement cette gaie soirée de retour.

Il transporta Dagobert, le perchoir, la chaise à porteurs, la boîte de couleurs, et les outils de menuiserie, en deux voyages, chez lui, où il trouva Céleste qui allumait sa veilleuse.

La vieille bonne lui sembla très abattue; autour de ses yeux on voyait un cercle rouge, la brûlure de larmes récentes. Elle ne voulut pas se plaindre de son maître, et ne fit pas allusion à ce qui venait de se passer devant le petit garçon. Quand elle eut bien rangé sa chambrette, elle se retira; puis, revenant sur ses pas brusquement:

— Monsieur Fabien, dit-elle, mademoiselle Giselle m'a appris la nouvelle : vous avez cassé votre tirelire, et au lieu

de vous amuser avec les 15 fr. 35 centimes qu'elle contenait, vous avez consacré cette somme à retrouver Mirza
perdue. Voilà qui est très bien de votre part. S'oublier,
même pour un chien, c'est toujours une bonne action, et
je vous en félicite. Quand j'ai su cela, j'ai couru au bazar,
où je vous ai acheté une autre caisse d'épargnes. Là voulez-vous ? J'ai de gros *chagrins tristes*, ce soir, et ma foi !
j'ai joliment failli oublier mon cadeau et le plaisir qu'il
vous causerait.

Fa saisit avec joie le petit tonneau vert, il le montra à
Dagobert comme s'il avait pu apprécier l'importance de ce
don généreux.

— Quelle chance ! dit-il en criant par égard pour l'infirmité de la domestique. J'ai justement là 3 francs dont
Giselle m'a fait présent. Tenez, Céleste, glissez-les par la
fente du tonneau. — Tant que je serai petit, ma sœur me
donnera des sous ; dès que je serai grand, et en état de
gagner ma vie, il est convenu que je lui rendrai des pièces
d'or à la place.

— En attendant, travaillez à reconstituer peu à peu votre
petit trésor, mon enfant. Adieu, dormez bien.

Souhait inutile ! Encore agité pas les fatigues et les émotions de la journée, le petit garçon ne put trouver tout de
suite le repos désiré. D'abord il se remua comme un ver
coupé, espérant trouver dans son lit cette place favorable,
ni trop chaude, ni trop froide, qui est l'idéal des gens
sujets aux insomnies, puis il prit le sage parti de rester

immobile comme un mort, espérant que le sommeil viendrait à lui.

Soudain, à la clarté incertaine de sa veilleuse, il vit une
ombre marcher dans la chambre, aller droit à sa tirelire,
la prendre à deux mains, comme un enfant fait d'une tasse
où il va boire.

M. Fa, en chemise de nuit,
sauta sur le tapis, persuadé
que Céleste venait lui voler
ses trois francs après avoir
dérobé le billet de banque.

Et, frappant le petit tonneau sur le bord d'une table,
à peu près comme un œuf
qu'on casse, il vit qu'il n'était
pas vide, il s'en échappa 5
francs en or, et trois pièces
de vingt sous en argent : du
jaune et du blanc comme dans les œufs.

Alors il comprit qu'il devait à Céleste le trésor caché
dans sa première tirelire, et que, petit à petit, elle comptait glisser le denier de la veuve dans la seconde, discrète-
ment, sans en rien dire à personne ; profondément ému, il
lui dit :

— Comment ! pauvre femme, vous m'enrichissez en
rognant sur vos gages ! Je vous ai rendu de bien petits services quand maman ne savait pas que vous étiez sourde,

et que je vous transmettais ses commissions. Vous vous
êtes certainement imposé des privations pour moi, j'en suis
confus ! Ci-gît la tirelire cassée ! On n'en rachètera plus.
Prenez 8 francs, vous irez demander une consultation pour
vos oreilles à un médecin spécialiste : c'est le plus grand
plaisir que vous puissiez me faire.

— Ah ! monsieur Fabien, il aura beau me les *tirer*, mes
pauvres oreilles, il ne les guérira pas.

— C'est égal, vous pouvez bien essayer, et maintenant
allons à pas de loup à la recherche du billet de banque
perdu. Je ne veux pas qu'on vous accuse, moi !

Ils allumèrent une bougie et retournèrent au salon, où
Dagobert les suivit, d'un pas plus léger que le leur, quoi-
qu'il lui arrivât souvent de marcher sur ses quatre pattes.

Ils cherchèrent sous les meubles le billet disparu,
tandis que le singe exécutait en ce moment le contraire de
ses tours de tout à l'heure. Il reprenait la correspondance
déchirée de M. Desroches et la jetait, en petits projectiles,
du foyer dans le salon, et même, en dépit des usages pres-
crits par la civilité puérile et honnête, il roulait le papier en
boulettes, et les lançait à la figure de son jeune maître.

Ce dernier saisit la boulette au vol et, l'ayant déroulée, il
poussa un cri de surprise en découvrant qu'elle était faite
d'un fragment de billet de banque.

— Nous tenons le voleur, Céleste : il s'appelle Dagobert.
Il a vu papa déchirer ses lettres et il l'aura imité sans se
douter qu'il détruisait un papier ayant de la valeur.

— Si nous regardions dans ses abat-jours, fit la servante, traduisant à sa manière le mot inconnu pour elle d'*abajoue*.

Bien entendu, les mâchoires du ouistiti ne recélaient rien. La servante et le petit garçon poursuivirent leur chasse sur le tapis et retrouvèrent cinq autres morceaux du billet, et comme ils les assemblaient, M. Desroches réveillé par le bruit, accourut en tout hâte. Fabien fit le réquisitoire de Dagobert et expliqua son crime, plaidant pour l'accusé, non pas l'aliénation mentale, mais l'étourderie, le défaut de cervelle et le besoin d'imitation propre à sa race.

— Ma chère bonne est donc justifiée, ajouta le petit garçon à moitié gai, et à moitié triste. Seulement, voilà bien de l'argent perdu pour toi, papa.

L'architecte expliqua à son fils qu'on lui remplacerait ce billet à la banque de France, puisque le numéro subsistait sur un des fragments ; puis il saisit les mains rouges de sa cuisinière et lui dit avec un sentiment d'amer regret :

— J'ai mérité de perdre votre estime, Céleste, car je vous avais ôté injustement la mienne. Je vous demande d'oublier cette mauvaise soirée ; il m'a été plus pénible de devenir accusateur, qu'à vous d'être accusée...

— Oui, Monsieur, j'oublierai, et bien vite ! Vous n'allez pas me faire des excuses, peut-être ! S'il vous fallait jamais un certificat de bons maîtres, à Madame, et à vous, je l'écrirais tout de suite, et avec mon orthographe des dimanches,

12

encore. Quand j'ai vu que vous me soupçonniez de vol, je
me suis dit comme de coutume :

— Céleste, tu n'as pas de chance ! Ta carrière ne te porte
pas bonheur ! Et je commençais à emballer mes nippes
dans ma malle en pensant qu'après mon départ la vérité
se découvrirait. Grâce à M. Fabien, nous savons que
c'est ce joli garçon de singe qui a tout fait. Maintenant, il
faut rentrer chacun chez nous, sans éveiller madame. — Si
jamais je te rattrape, toi, dit-elle en montrant le poing au
ouistiti, je te mettrai dans ma poêle à frire et je ferai des
beignets et des rissoles avec tes quatre vilaines pattes...

— Ce sera joliment mauvais, répondit Fabien.

L'appartement rentra bientôt dans le silence. Giselle se
trouvait trop loin pour entendre la scène qui venait d'avoir
lieu au salon. Elle ne dormait pas ; la tête haute sur
l'oreiller, elle regardait deux fenêtres encore éclairées
chez les Varanville. L'une dépendait des pièces accordées
à Mᵐᵉ Jousselin, l'autre, au rez-de-chaussée, appartenait à l'ancienne chambre de Philippe occupée à l'heure
présente par Loulou et par son père qui s'était constitué
son garde-malade et son geôlier, car l'enfant indiscipliné
n'eût pas mieux demandé que de commettre des impru-
dences dangereuses pour sa santé.

Franchissons la courte distance qui sépare l'hôtel des
Varanville du bâtiment occupé par l'architecte.

Chez la grand'tante le petit coucher avait lieu avec le
même cérémonial et Hortense déshabillait sa maîtresse

avec des précautions infinies, comme si elle eût craint de
la casser, puis elles s'embrassèrent comme deux sœurs. A
force de vivre ensemble, elles avaient fini par se ressembler
comme deux vieux époux, peut-être parce que, sans être de
la même race, elles étaient de la même époque, mais on
n'aurait pu dire si elles appartenaient au règne de Louis-
Philippe ou à celui de Louis XIV. L'une et l'autre rappe-
laient le type de Boileau ; figures accentuées, solennelles,
une peau parcheminée, et de ces petits yeux noirs dans un
teint jaune, que Saint-Simon a taxés de « charbons tombés
dans une omelette ».

— Madame a fait deux héritages pendant son absence,
dit Hortense en riant.

— Ah ! murmura l'avare dont le regard brilla de convoitise un instant.

— La pie et la caille sont mortes, nous n'aurons plus à
les nourrir. Elles s'ennuyaient à Paris, — comme moi.
Quand retournerons-nous donc à Evreux ?

— J'avais bien pensé à m'y arrêter en revenant, répliqua
Mᵐᵉ Jousselin, mais comment abandonner Guy et Thérèse
après l'accident arrivé à leur diabolique enfant ? Je ne le
pouvais pas. Et puis, j'ai attrapé à Houlgate un refroidissement dont je suis mal remise et qui s'est converti en
bronchite chronique. Ici j'obtiendrai une consultation gra-
tuite quand il viendra un docteur pour Loulou, tandis qu'à
Evreux je me ruinerais en visites à trois francs chez mon
médecin.

— Sans compter le pharmacien. Pour la dépense, une maladie un peu longue équivaut à un déménagement, dit Hortense, heureuse de flatter le défaut de sa maîtresse. Est-ce que le séjour aux bains de mer a été cher pour Madame ? Je parie qu'il y a beaucoup de domestiques chez Mme de Vareilles ?

— Eh bien ! voilà qui ne me gêne guère ! En partant, je leur ai donné..... une bonne poignée de mains. S'ils ne sont pas contents, ils le diront.

— Oh ! madame, ces pauvres gens !

Hortense se repentit aussitôt de cette exclamation, et se mordit les lèvres pour les punir d'avoir parlé trop vite. Règle générale, une personne aussi dure que Mme Jousselin peut se montrer injuste et méchante envers la terre entière, une servante semblable à Hortense l'approuvera et la louera, mais que son avarice et son injustice s'arrêtent au moins devant les domestiques, ses confrères, car l'esprit de corps reparaîtra tout entier !

Cependant, Hortense regretta un mouvement nuisible à ses intérêts ; elle pensa avec raison que Mme de Varanville avait réparé l'oubli volontaire de sa tante, et reprit, du ton servile propre aux courtisans :

— La poignée de mains accordée par Madame est une vraie trouvaille ! Se souvient-elle du bon tour que nous avons joué aux douaniers, il y a quelques années ?

C'était un trait inimitable d'avarice. Mme Jousselin et sa domestique revenaient de la campagne en voiture et rame-

naient à Evreux un porc entier qu'elles ne voulaient pas
déclarer à l'octroi. Que firent-elles ? Elles habillèrent
l'animal d'une robe foncée, d'un châle, d'un chapeau rond,
couvrirent son groin d'un voile noir et d'un voile vert
superposés et lui donnèrent toute l'apparence d'une personne malade et endormie au fond du véhicule. Les petits
pieds destinés à être truffés auraient pu dénoncer l'inco-
gnito de cette princesse en voyage, mais on les chaussa de

grands souliers bourrés de coton... Le cochon passa sans
être inquiété, sans donner l'éveil aux douaniers normands.

Les bonnes commères rirent un instant de ce plaisant
souvenir, puis Mme Jousselin reprit :

— Allez au lit, Hortense, c'est de la folie de veiller comme
cela. N'imitons pas les Varanville qui se ruinent en éclai-
rage. Ils ont le docteur chez eux, je l'ai entendu venir.
Pourvu que sa voiture ne me réveille pas quand il partira,
le premier sommeil est le meilleur, à mon âge.

Le médecin était en effet chez Louis, et malgré les théo-
ries économiques de Mme Jousselin, on ne pouvait cependant

le recevoir dans l'obscurité, d'autant plus qu'il eût volontiers demandé un rayon de lumière électrique pour mieux
examiner le petit blessé.

Un parfum d'iris et d'héliotrope précéda le docteur
Zalowski, oculiste célèbre, polonais hâbleur, petit maître
très musqué et très soigneux de sa personne. Abonné du
Théâtre-Français et de l'Opéra, il prétendait être au courant de tout ce qui se publiait de littéraire ou de musical à
Paris. Il lisait tout, il savait tout! en réalité il tenait surtout à produire de l'effet, à peu près comme un innocent
mouton aime à soulever sous ses petits pieds la poussière
de la grande route.

Son regard fit en un instant le tour de la chambre de
Philippe. Meubles anciens, portraits de famille, gravures
anglaises représentant des chevaux de course et de beaux
chiens de chasse, livres d'étudiant élégamment reliés,
armes de prix attachées au mur, il estima chaque objet à
sa valeur et parut content de l'inventaire.

Reportant enfin son intérêt sur l'objet de sa visite, il
regarda le petit malade, et son front se rembrunit.

M. de Varanville raconta l'accident de chasse dont
Louis avait été la victime, le désespoir de la mère qui,
croyant son fils aveugle, avait exigé le retour à Paris.

Etait-ce une imprudence ? Guy le pensait. Tout en déplo-
rant l'injustice de sa femme envers le médecin d'Houlgate
qui méritait toute confiance, il avait cédé à sa déraison
momentanée comme on cède au vent ou à la tempête.

— Cet enfant a dû avoir ces jours derniers les paupières tuméfiées, larmoyantes, et hermétiquement closes, dit le docteur Zalowski. Aujourd'hui, une conjonctivite catarrhale s'est déclarée ; c'est une affection, du reste bénigne, et il n'y a qu'à continuer les lotions boriquées conseillées par mon confrère de Normandie.

— Vous n'allez pas me mettre des yeux de verre, monsieur le docteur ? demanda Loulou. Si vous faites cela, j'en veux un bleu et un noir, comme à un chat que j'ai connu.

— Il ne perdra pas la vue, n'est-ce pas ? demanda Thérèse avec angoisse.

Le Polonais ne voulut pas se prononcer ; bavard sur les sujets frivoles et mondains, il se montrait mystérieux sur tout ce qui touchait à son art, sans doute parce qu'il appartenait à la grande école des inspirés du dernier moment, de ceux qui sauvent les gens... à moitié guéris. Il réclama de l'eau chaude pour laver ses belles mains qui avaient à peine touché Louis ; il versa dans la cuvette la moitié du contenu d'un petit flacon d'argent, enfoui dans sa poche. Ce mondain était si coquet ! Dans l'antichambre il parlait encore de Saint-Saëns plus savant que Bach, et de Massenet, héritier de la grâce de Mozart, puis il disparut dans un sillon parfumé, après avoir promis de revenir bientôt.

La comtesse se retira chez elle, partagée entre la crainte et l'espoir. Son mari veillait Loulou toutes les nuits et elle le relevait de sa garde vers neuf heures du matin, pour rester au chevet de son fils toute la journée.

Or, un matin, vers six heures, Guy entendit frapper un coup sec à la fenêtre du rez-de-chaussée. Il aperçut Philippe dans la rue : sans en être prié, le jeune homme escalada le balcon de fer et se faufila dans son ancienne chambre où Louis dormait.

— Pourquoi ne pas entrer par la grande porte, lui demanda son père, ému ; je ne t'ai pas chassé, moi !

— Oui, mais elle m'a renvoyé, *elle !* Ecoutez-moi, mon père : je viens parce que je suis inquiet de Louis et trop malheureux quand je reste sans nouvelles. Le répétiteur chez lequel vous m'avez placé est un excellent homme ; si j'obtiens votre consentement, il me permettra de venir ici dès l'aube. Vous pourrez dormir, et je panserai les yeux de mon frère qui croira que c'est votre main qui le soigne. S'il se tire d'affaire, comme nous l'espérons, je ne reparaîtrai plus. Il me répugne de me glisser ici comme un malfaiteur.

Le comte lui serra les mains : la dignité vraie de Philippe le touchait vivement. Les trop courts moments qu'ils passèrent ensemble furent pleins de douceur. A huit heures, le père renvoya son fils ; de nombreux passants suivaient la rue, il fallait prendre maintenant non plus par la fenêtre, mais par la grande porte.

— *Elle* dort, pensa le jeune homme en levant les yeux vers la chambre de sa mère. Combien de fois a-t-elle pensé à moi depuis ce fatal accident ? peut-être pas une, et moi, je n'ai pas cessé de penser à elle.

J'aime mieux les Champs-Elysées au moins il y a Guignol.

Et, la poitrine soulevée par un sanglot, son jeune front
soucieux, il rentra chez le répétiteur où il combattit son
noir chagrin par un travail assidu.

Le docteur polonais revint bientôt, toujours accompagné
d'une brise parfumée ; iris et verveine,
cette fois.

— Eh ! eh ! dit-il en montrant ses
dents blanches dont il était très fier,
— il s'est produit, comme je m'y
attendais, du blépharospasme, ou
contraction du muscle orbiculaire qui
pourrait bientôt se compliquer d'en-
tropion avec ulcérations de la cor-
née... Vous ne m'en voulez pas, madame, de dire devant vous ces mots
barbares et rocailleux qui déchire-
raient l'oreille d'un poète et qu'un
compositeur mettrait difficilement en
musique ?... Après cela, on y arrivera
peut-être, quand la musique sera réa-
liste comme la littérature.

— Docteur ! s'écria la comtesse impatientée par cette
légèreté de dillettante, travers regrettable chez un homme
d'une science réelle, — quelle est votre conclusion ? Comment sauverez-vous mon pauvre enfant ?

— Comment vous soulage-t-on lorsque vous avez une
dent malade, madame ? Par une opération.

La comtesse poussa un cri.

— Je regrette de vous avoir fait peur ; il serait inutile
de vous dissimuler plus longtemps la vérité. Pour sauver
la vue de votre jeune fils, il faut pratiquer la section sous-
cutanée des nerfs sus-orbitaires de chaque côté. Ne vous
effrayez pas, il ne sentira pas la souffrance, puisque nous
employons la cocaïne et le chloroforme pour nos opéra-
tions. Nos malades sont, en réalité, aussi heureux que
des buveurs d'opium, ils rêvent tandis que nous agissons.

La pauvre mère dut accepter les paroles de ce moqueur
comme un arrêt. A quelques jours de là, l'opération se fit,
sous l'action du chloroforme et réussit admirablement, le
petit blessé avait chanté tout le temps, il ne se souvenait
de rien, et ses parents remercièrent chaleureusement le
grand oculiste à la mode, si habile, si léger d'esprit, et
pourtant si compatissant au fond.

Louis gardait la chambre depuis un mois ; sa convalescence fut rapide ; on l'autorisa à demander tout ce qui lui
ferait plaisir avec certitude de l'obtenir ; il fit la moue et
détourna la tête avec dédain. Lui si volontaire, si fantaisiste, il ne voulait rien, et une mélancolie noire l'envahit
peu à peu. Quand il s'en dégageait, c'était pour se montrer méchant ou nerveux, il pinçait la première victime qui
se présentait ou l'accablait de traits malicieux. Les flèches
de son esprit après s'être reposées, semblaient voler encore
plus vite à leur but, maintenant.

— Dis-moi ce que tu veux, mon enfant adoré, lui disait

la comtesse en présence de son mari. Ton premier désir de
malade sera certainement exaucé.

— Ah ! ouiche ! fit Loulou, irrespectueusement.

— Ce n'est pas une réponse ! reprit la mère en s'efforçant
de ne pas rire.

— J'ai dit : ah ! ouiche ! parce que vous ne m'accorderez
pas ce que je souhaite ardemment. Je veux revoir Philippe, là !

M⁽ᵐᵉ⁾ de Varanville secoua la tête. — Tu avais raison,
Louis, ce que tu demandes est impossible.

— C'est dommage. Le « grand » me manque joliment,
allez ! Je l'appelais mon second papa, et j'osais tout lui
dire. Tout son argent passait dans ma poche. Il quittait
ses livres pour m'amuser avec ses joujoux et revenait à
ses études sans mauvaise humeur. S'il ne manquait qu'à
moi seul, je ne dirais rien : la première fois que j'ai revu
Fabien et Giselle, ils ont pleuré en parlant de lui ; son
absence nous pesait sur le cœur et nous n'avons même pas
pu faire enrager ni Mirza ni Dagobert.

— Pauvres animaux ! ils ont au moins tiré quelque
chose de la situation ! J'ai souvent pensé que les chiens
aimeraient, par esprit de représailles, enchaîner et muse-
ler leurs jeunes maîtres...

— Et papa, petite mère, croyez-vous qu'il soit heureux ?
Il va voir Philippe tous les jours chez son répétiteur. Il
serait plus joyeux s'il le sentait près de lui.

— Ecoutez la voix de cet enfant, dit M. de Varanville

d'un ton suppliant, et que l'absent ne soit pas toujours
l'exilé de votre cœur !

La comtesse garda un silence obstiné et Loulou reprit :
— Henriette et Roger, s'ils revenaient, ne diraient-ils pas
tout de suite : — Où est Philippe ? Je ne vous parle pas de
ma grand'tante Jousselin : elle aime Hortense et son argent,
c'est connu, mais elle utilisait très bien mon frère, et le
trouvait toujours là pour l'obliger et porter ses paquets.

Vous ne répondez rien ? Moi, je vous répète que tout le
monde le regrette. L'autre jour, Nicolas, notre valet de
chambre, en parlait à Hortense et je n'ai pas perdu un mot
de leur conversation. — C'est moi qui le pleure, monsieur Philippe. Voilà un jeune homme bien élevé ! Toujours des « s'il vous plaît » et des « je vous remercie » à
la bouche. Ce n'est pas comme Monsieur Louis, qui nous
fait toujours monter et descendre sans seulement dire : ouf !
Non seulement il ne se contente pas de salir quatre paires de
souliers par jour, mais encore il me dénonce toutes les fois

que l'occasion s'en présente. — Qui a laissé ce plumeau
ici ? demandait madame, l'autre matin. — C'est Nicolas !
répondit aussitôt la petite voix de monsieur Loulou. —
Pardi ! ça ne pouvait être le sultan ou l'impératrice des
Indes.

— Voilà ce qu'on gagne à écouter aux portes, interrompit Mme de Varanville en riant. Il est rare qu'on entende
son panégyrique.

— Alors, Hortense lui a répondu : — Le fait est que
c'est un enfant bien mal élevé, il fera tourner sa mère en
chèvre et son père... en chevreuil. Dites, maman, est-ce
qu'Hortense s'imagine vraiment que le chevreuil est le
mari de la chèvre ?

— Je ne sais pas.

— Voyons, ma chère Thérèse, dit M. de Varanville qui
avait exprès laissé parler le petit garçon, espérant qu'il sau-
rait mieux que lui-même trouver le chemin du cœur maternel,
serez-vous toujours inflexible ? Vous avez été mon enfant
gâtée dans la vie, il serait temps de rendre à notre fils
aîné un peu de ce que j'ai fait pour vous. L'accusation que
vous avez lancée contre Philippe ne pouvait venir que de
votre exagération et de votre désespoir, au moment de
l'accident de Louis. Nul n'oserait dire dans cette maison
que le frère a voulu tuer son frère, car le nouveau Caïn a
la douceur et la mansuétude d'Abel. Il y a toujours une
chose qui a raison d'une fausse enquête et de la mauvaise
opinion du juge, c'est l'innocence de l'accusé : or, Philippe

est innocent, et il souffre. Nous devons le rappeler, nous, ses parents ; si d'une main nous l'avons frappé, de l'autre, relevons-le !

— En admettant votre théorie, en supposant que Philippe, très irrité contre Louis, n'ait pas voulu s'en venger, reprit la comtesse, vous m'accorderez sans doute que monsieur votre fils s'est montré fort indifférent aux souffrances de son petit frère. Pourquoi n'a-t-il pas au moins écrit pour s'informer de son état.

— Il a fait mieux, dit Guy lentement, il est venu. Il veillait son frère aux heures où vous dormiez.

La comtesse parut vivement ébranlée ; cependant elle cacha son émotion par amour-propre, elle écouta ce détestable conseiller, et ferma les oreilles à la voix de Loulou, qui répétait avec son obstination ordinaire : — Je veux revoir le « grand » à la maison, moi !

CHAPITRE VIII

Soit pour distraire Loulou du
souvenir de son frère, soit pour
amuser sa convalescence, on lui
accorda, dès qu'il fut en état de sortir, tout
ce qui pouvait le charmer.

Il passait toutes ses matinées au parc Monceau avec les
deux Desroches, et là, on sautait à la corde, on jouait à
cache-cache, on donnait à manger aux canards, rien que
pour les voir exécuter leur culbute, tête sous l'eau, et queue
en l'air ; on trompait la surveillance du gardien en poussant Mirza à se baigner et on la rappelait dès qu'elle se
mettait à chasser les oies et les canetons dont elle aurait
bien voulu faire son déjeuner.

Le plus souvent, Giselle lisait à haute voix, et les deux
petits garçons à ses côtés, l'interrogeaient dès que le texte
devenait obscur pour eux. Et les uns et les autres, ils

13

s'amusaient à observer les types particuliers de ce jardin public, les majestueuses nourrices, traînant les rubans de leurs bonnets dans le sable, endormant d'une chanson le bébé étendu sur leurs bras et criant au petit frère ou à la petite sœur qui marche déjà : Ne prends pas froid! mets ton paletot! noue ta cravate, Croque-mitaine va te prendre...

Puis, sur les bancs, nos petits amis voyaient de pauvres gouvernantes étrangères, véritables Mignons regrettant famille et patrie et qui lisaient, de leurs yeux pleins des tristesses de la nostalgie, un livre sentimental destiné à endormir leur douleur!... Puis en rangs pressés, comme des grappes de dattes confites, de nombreuses jeunes mères qui tournaient le dos aux promeneurs et suivaient du regard leur enfant jouant plus loin, ou seulement la marche d'une aiguille disparaissant et reparaissant dans le canevas d'une tapisserie.

Çà et là, des ouvriers déjeunaient à l'ombre, et un bureaucrate lisait son journal en marchant, un véritable travail, car il devait soulever son chapeau toutes les fois qu'il se cognait aux passants :

— Pardon, monsieur ! pardon, madame !

— Il est donc bien malade, le parc Monceau, disait Loulou, qu'on lui donne tant de douches en pluie ? Et ce gazon, brossé comme un habit, où l'on ne voit ni feuille tombée, ni une plume d'oiseau ! on dirait un décor. Non, décidément, j'aime mieux les Champs-Elysées... Au moins, on a Guignol !

Et en effet les poupées du petit théâtre amusaient Louis un instant. Il attendait avec impatience que le harpiste et le violoniste eussent fini la valse aigrelette qui remplace l'ouverture, et il battait des mains aux bons tours du locataire sans probité qui déménage la nuit par la fenêtre, et qui aime mieux battre son propriétaire que de payer son terme. Il se moquait des malheurs de M. le commissaire, aplati de coups et finalement emporté dans une casserole, où il doit trouver la fin tragique d'une gibelotte de chat! La bêtise du gendarme qui dresse procès-verbal à des paysans voleurs de noisettes, sans s'apercevoir que son cheval est en train de les manger, toutes ces naïvetés désopilaient le jeune de Varanville et son camarade Fabien. Ils préféraient encore à l'homme au « jaune baudrier » ces types de portiers et de gamins de Paris qui semblent avoir été inventés par Cham ou Gavarni.

Puis, le caprice du petit convalescent changeait encore.

Pendant huit jours, il se prenait d'une belle passion pour le jardin d'acclimation. Il étudiait les singes et les trouvait moins spirituels et moins bien élevés que Dagobert; il donnait à manger aux canards de Barbarie, aux faisans dorés, aux cygnes hautains, riches seigneurs, aussi mal chaussés que des pauvres, tandis qu'ils traversaient la basse-cour sur des plumes tombées en flocons, pour se rendre à un petit lac factice.

Loulou se moquait volontiers de la girafe et de ses airs rêveurs, de l'éléphant, bel animal, disait-il, mais habillé

par un mauvais tailleur, car sa peau flotte sur ses membres
épais. Il s'arrêtait aussi devant les animaux aux yeux
mélancoliques, le phoque, l'antilope et bien d'autres, sans
comprendre qu'ils avaient le regret de l'espace et que la
grille ou la palissade de leur enclos leur semblait une
prison.

On voyait des sauvages, cette année-là, au jardin d'accli-
matation. Les femmes, de la couleur du cuir tanné, portaient leur enfant sur le dos, dans une sorte de carquois.
Les hommes, les cheveux enduits de suif, le corps tatoué,
poussaient des hurlements qu'on disait être des cris de
guerre, et en réalité, il y avait bien dans cette musique de
quoi faire fuir l'ennemi. Moins honnêtes, moins fiers que
les peuples civilisés, ils volaient des boutons d'uniformes,
des chaînes de parapluies, et quêtaient servilement des
sous.

Après avoir ainsi occupé sa tristesse et son ennui, Loulou
revenait chez ses parents avec une plus lourde provision
de mélancolie. Sa mère, inquiétée par cet « état d'anémie »,
l'arrosait du breuvage inventé par Noé et perfectionné par
le quinquina et d'autres écorces amères ; le petit garçon
y ajoutait un biscuit pour faire honneur aux apéritifs, mais
il continuait à « bâiller sa vie » comme l'immortel Chateau-
briand, le plus ennuyé de tous les êtres.

On le mena voir dans un cirque un dompteur qui avait
dressé un lionceau à monter à cheval et à sauter un
obstacle assez facile. Grande joie pour les jeunes Desroches.

et le dernier des Varanville, d'assister à l'arrivée de
l'animal dangereux dans une cellule roulante, grillée aux
deux bouts. Un chien lui tenait compagnie et marchait de
long en large, à la façon du fauve. On les délivra en les faisant passer de la petite cage
dans une plus grande où
se trouvaient un cheval, et
l'homme « doré comme un
sucre de pomme » dont la
bête féroce ferait peut-être
son régal et sa friandise en
une heure de mauvaise hu-
meur.

Le lionceau, accroupi sur
une selle plate, avec des
allures molles et découra-
gées, tournait cinq ou six
fois autour de son cirque
fermé, puis il montait sur
une planche, et devait sauter de ce tremplin sur le
dos du cheval ; humilié sans doute dans son orgueil royal,
il simulait un parfait oubli de son devoir ; un coup de fouet
impérieux le lui rappelait, alors le malheureux captif se
laissait tomber comme un sac de farine sur sa monture, et
ne sortait de son accablement que pour rugir et montrer
les dents à son précepteur en tunique de velours, avec

des sentiments où la reconnaissance ne tenait pas la première place... Puis le spectacle se terminait par une
course générale du fauve, du chien et du cheval, où l'on
donnait à Sa Majesté le lion les honneurs du premier
rang — sans doute pour éviter un coup de dent à ses
camarades, — enfin la cage roulante reprenait le chemin
des écuries suivie du dompteur applaudi.

— Que nous sommes cruels! fit observer Giselle. Pauvre
homme, qui risque sa vie tous les soirs pour amuser le
public ! Oh! comme je voudrais qu'il réalisât vite une fortune pour mener une vie paisible !...

— Oui, à la campagne où il pourrait élever des lapins
de choux! interrompit Fabien. Malheureusement il est
probable qu'une telle vie le ferait mourir d'ennui. Un
dompteur, j'en suis sûr, est content seulement lorsqu'il
voit une mâchoire de lion ouverte : il y prend plaisir
comme un naturaliste à regarder le cœur d'une rose. On
n'a pas assez applaudi ce malheureux. Si papa avait été
là, il y aurait déchiré ses gants.

M. de Varanville accompagnait les enfants ce soir-là.
Quand il ramena Loulou, ce dernier voulut monter chez
sa mère. Il était pâle et ses dents claquaient. La vue du
danger avait éveillé en lui l'idée de la mort.

— Eh bien ! es-tu joyeux, mon enfant, t'es-tu amusé ?

— Non! dit brusquement Louis. Ce n'est plus la peine
de dépenser votre argent, maman. Voyez-vous, la vie m'as-
somme ; je voudrais pleurer sans m'arrêter, me coucher

par terre et ne plus me relever, enfin me laisser mourir, parce que tous les plaisirs de ce monde ne valent pas la peine de vivre !

— Quel désespoir ! quelle folie ! On dirait que tu as vécu quatre-vingts ans pour parler ainsi.

— Maman, je ne veux plus déjeuner, ni dîner, ni dormir, j'attendrai la mort les yeux grands ouverts.

— Tu as mal aux nerfs, simplement ; tu as été impressionné par un spectacle effrayant. Couche-toi, tu oublieras.

— Maman, si j'étais mourant et tout pâle dans mon petit lit, vous me permettriez d'appeler Philippe, n'est-ce pas ?

La comtesse eut un mouvement d'impatience et n'osa regarder son mari. Elle avait gâté son fils cadet, et l'enfant lui tenait tête maintenant. — Tu divagues parce que tu as besoin de repos. Embrasse-moi et dis-moi adieu.

— Non, maman, je ne vous embrasserai pas, parce que vous vous entêtez à me priver de mon frère ! Oh ! je sais bien ! Philippe croyait que vous le mettiez en pénitence quand il était privé de son baiser quotidien : pauvre cœur faible ! Moi je me fâche et je vous punis !...

— C'en est trop, dit M. de Varanville en s'avançant et en s'emparant du petit rebelle pour le mener coucher. Il ne faut pas devenir insolent parce que vous avez mal aux nerfs, monsieur. On vous mettra au régime du pain sec, puisque votre santé le permet. Suivez-moi. Demain, quand vous serez plus calme, vous demanderez pardon à votre mère.

Le lendemain, l'indiscipliné demanda grâce pour ses

impertinences ; un quart d'heure après, il boudait et se
rendait encore plus désagréable. Il en arrivait peu à peu à
ses fins, c'est-à-dire à faire regretter Philippe, au caractère
égal et toujours équitable.

On renonça à dépenser de l'argent pour cet inamusable
enfant. C'était en la compagnie de Giselle et de Fabien qu'il

se plaisait le mieux et le jardin suffisait amplement à leurs
jeux.

Depuis la soirée du cirque, ils ne rêvaient plus que de
dresser Mirza et Dagobert et de les transformer en
animaux savants. La chienne, très intelligente, faisait
gracieusement la « belle » et encore mieux la morte. Sans
hésitation, elle crevait des cerceaux de papier et sautait
par-dessus une canne qu'on levait de plus en plus. Enfin

Grand triomphe pour ces féroces « dompteurs ».

ses jeunes persécuteurs parvinrent à lui faire tenir entre les dents un chandelier de cuisine ; après quoi l'on y ajouta une bougie, puis on tenta l'épreuve et on l'alluma. Grand triomphe pour ces féroces « dompteurs » lorsqu'ils virent enfin l'intelligente bête marcher en serrant le bougeoir allumé et en détournant un peu la tête pour ne point brûler ses belles moustaches et la barbe courte de son menton.

Dagobert excellait dans les imitations. Non seulement il déchirait les lettres comme un homme d'affaires très occupé, mais encore il savait se poudrer la figure comme une jolie femme. Ayant vu son petit maître disséquer une grenouille, il en fit autant d'un moineau mort, trouvé par lui au pied d'un arbre, et, avec des airs de vieux savant, il étendait la carcasse de l'oiseau sur un linge blanc et séparait les petits os comme s'il était capable de les nommer et de les classer.

Céleste, toujours à l'affût de ce qui pouvait être agréable à sa maîtresse rapporta du marché des écrevisses vivantes. Fabien en prit une et la porta à Dagobert qui, attaché sur son perchoir, prenait le frais au jardin sous la garde et tutelle de Loulou.

— Voyons, dit Fabien, comment le ouistiti va accueillir cet ennemi cuirassé.

Le premier sentiment de Dagobert fut de l'effroi, il s'envola plutôt qu'il ne grimpa au sommet de sa demeure presque aérienne. Puis il redescendit ses échelons, examina cette bête noire qui se traînait dans le sable de son promenoir avec la lenteur d'une tortue ; il se rassura en voyant qu'il aurait toujours des moyens de défense dans son agilité — et se prépara alors à la tuer.

Il possédait une petite pelle de fer qui lui servait à des travaux de terrassement dans son domaine, il la saisit et frappa sur la tête de l'écrevisse jusqu'à ce qu'il eut amené la mort.

Il ne la pleura pas longtemps : il l'ouvrit comme une noisette et mangea sa chair, avec des délicatesses de gourmet, et sans le moindre remords de criminel.

— Il n'a pas eu peur d'une seule écrevisse, observa M. Fa, voyons ce qu'il fera contre la douzaine, rangée en bataille ?

— Oui, oui, fit Loulou, il faut nous donner ce spectaclelà.

Le jeune Desroches monta à la cuisine et fouilla dans le panier de Céleste pendant qu'elle allumait son fourneau.

— Descendez le panier, suggéra la cuisinière, car mon *buisson* pourrait bien vous pincer et surtout rapportezmoi vite ces vilaines bêtes, que je les jette dans l'eau bouillante pour en finir avec elles. Peut-on manger de ça ! Moi, je préfère les *écrevettes*, au moins c'est rosé, c'est joli...

Le petit garçon descendit vivement avec sa proie. Devaitil à M. Thiers quelques notions de stratégie ? Toujours

est-il qu'il sut ranger habilement autour de Dagobert
onze écrevisses menaçantes, une ceinture vivante qui se
resserrait lentement.

A cette vue, la peur du singe fut telle qu'il s'élança au
sommet du perchoir, et sauta sur une
branche d'arbre en brisant sa chaîne.
De l'arbre, il eût désiré monter sur
un clocher, mais par malheur il ne
s'en trouvait point dans le jardin.

— Allons ! s'écria M. Fa, il faut
avoir pitié de ce nerveux. Et il remit
les « vilaines bêtes » dans
leur prison d'osier.

— Ton singe est brave
en duel, et ne serait qu'un
lâche à la guerre, dit Loulou en riant.

La voix stridente des
deux petits garçons, les
notes de tête données par le
singe dans son effroi attirèrent Mme Jousselin à sa fenêtre.

— Insupportables enfants, vociféra-t-elle. Comme on
devrait vous engager dans un théâtre pour pousser des
cris, pendant qu'on égorge une tragédienne sur la scène.
C'est à croire qu'on vous fait du mal. Je me coiffais et,
grâce à vous, je me suis piquée avec les épingles de mon
bonnet. Ah ! vous êtes bien gâtés, et on vous laisse un peu

trop la bride sur le cou ; si vous étiez mes fils, voilà comment je vous traiterais, moi !

Elle envoya dans l'espace un soufflet, dont se moquèrent peut-être les joyeuses paillettes d'un rayon de soleil. Les deux petits garçons se séparèrent à regret, obéissant au regard sévère de cette mauvaise fée et Mme Jousselin resta un moment appuyée à son balcon. Un coup de sonnette venait de tinter à la porte cochère, et la bonne dame était trop curieuse pour quitter à ce moment son poste d'observation.

Elle vit entrer trois messieurs vêtus de noir, d'un aspect triste, comme des corbeaux ou des croque-morts, des hommes semblables à ces lettres de faire part encadrées de deuil, et qui ne sauraient apporter que de fâcheuses nouvelles dans une maison.

— Ce sont des huissiers ! pensa-t-elle. De ses yeux ternis comme les vitraux anciens, la grand'tante les avait pressentis, devinés. — Ce fou de Varanville a des dettes qu'il cache à sa femme, ou bien il n'a pas fini de payer son hôtel. On va saisir le mobilier, le vendre dans la rue, peut-être. Quel honte et quel déshonneur ! Guy a peut-être compté sur moi pour le tirer de là. Les vieilles tantes ont été créées pour être mangées par leurs neveux et nièces, c'est connu... Qu'on ne compte pas sur moi : je préférerais avaler la clef de mon coffre-fort que de donner un sou !

Et en disant cela, elle serra avec tendresse une provision de sous, réunis dans sa poche, puis, dégageant sa main ridée, elle imprima un coup sec au cordon de sonnette de sa chambre.

— Hortense! dit-elle à sa fidèle alliée lorsque celle-ci entra, descendez à la cuisine, informez-vous de ce qui se passe. Les huissiers viennent d'entrer ici. Par *discrétion*, je resterai chez moi, je ne veux pas toucher à cet écheveau de dettes, probablement très embrouillé. C'est un nœud coulant qui étranglera les Varanville.

— Et ce n'est pas Madame qui les sauvera, pensa Hortense. Elle garda toutefois sa réflexion pour elle-même et, résignée à l'ignoble rôle d'espion, elle descendit dans les cuisines souterraines auprès des autres domestiques.

Le payement dont il s'agissait à l'heure présente était de quinze mille francs à donner aux entrepreneurs de l'hôtel, et le pauvre M. de Varanville ne se trouvait pas en mesure d'y faire face. Depuis son installation à Paris, les occasions de dépense l'assaillaient à tous les détours du chemin. N'avait-il pas, poussé par un sentiment très délicat de gratitude, assuré la vie de la gouvernante de ses enfants ? Puis il lui avait fallu doter Henriette. L'accident arrivé à Louis provoqua la présence des docteurs dont l'un, en véritable célébrité, exagéra volontiers la note de ses honoraires.

Et depuis que Philippe ne participait plus à la vie générale de la famille, son père payait nécessairement pour lui une forte pension au répétiteur qui l'hébergeait et le logeait.

Grosses charges, comme on voit, lourde année !

Tandis que Mme Jousselin considérait, avec son esprit de commerçante, la menace de malheur suspendue sur la tête des Varanville comme une sorte de faillite, Guy, beaucoup plus philosophe, parce que dans sa conscience d'honnête homme il savait bien qu'il arriverait à payer sa dette, causait tranquillement avec les huissiers, et leur apportait un encrier et des plumes nécessaires à leur inventaire.

Les trois hommes noirs achevaient l'énumération des meubles et objets d'art du salon, et s'apprêtaient à passer dans la chambre de la comtesse que leur présence eût vraiment alarmée, lorsque M. Desroches entra subitement et prit M. de Varanville à part.

— Vous êtes dans l'embarras, et vous ne m'appelez pas, cher monsieur, lui dit-il à mi-voix, d'un ton de reproche ému. Et vous m'avez promis de l'amitié ? Pourquoi donc ne pas vous souvenir de la mienne ?

Le bon Varanville sourit : il reconnaissait en ce moment le véritable ami, celui qui agit avec ceux qu'il aime comme l'oiseau avec sa couvée, les couvrant de son aile, et recevant pour eux la grêle et l'orage.

— Ce qui m'arrive n'a rien d'effroyable, dit-il, avec un délai je me tirerai des griffes du féroce Raveau, notre entrepreneur.

— Et pourquoi ne pas le payer tout de suite, s'il y a moyen ? Avez-vous cinq cents francs dans vos tiroirs ?

— Certainement, mais on ne donne pas un œuf à un ogre qui dévorerait un bœuf. Je dois quinze mille francs, ce qui ne ressemble nullement à cinq cents francs.

M. Desroches sourit.

— Eh bien, moi, je vous apporte quatorze mille cinq cents francs, dit-il encore plus bas. Vous savez bien qu'il entre dans ce total huit mille francs d'honoraires... exagérés... que vous m'avez gracieusement offerts à l'époque où j'ai terminé cet hôtel ; le reste, je l'ai gagné avec d'autres constructions. Permettez donc à cet argent de refluer un instant vers sa source; vous me le rendrez quand vous pourrez. Allez chercher ce qui nous manque et que, pour une fois, le supérieur obéisse à l'inférieur...

— Ah ! mon ami, interrompit le comte, vous avez une noblesse de cœur qui dépasse toutes les autres et un honneur qui vaut les plus belles généalogies.

Guy quitta le salon et revint bientôt, apportant à l'architecte la petite somme, aussitôt réunie à la grande.

— Tenez, messieurs, dit M. Desroches en tendant les billets aux huissiers, voici ce que M. de Varanville vous

14

remet par mes mains. Déchirez donc votre papier timbré, et n'entrez pas chez Mme de Varanville, c'est inutile; M. Raveau que vous représentez est payé.

Les oiseaux noirs trempèrent encore une fois leurs pattes dans l'encre afin de donner une quittance en règle ; puis ils se retirèrent sans bruit.

— Vous me restez à déjeuner, n'est-ce pas ? demanda le comte en serrant les mains de son *ami.*

— Volontiers ; seulement après, je vous demanderai la permission de remonter chez moi où je commencerai des préparatifs de départ; j'ai accepté des travaux en province, ce qui me forcera à rester absent une quinzaine de jours peut-être. Mes enfants resteront seuls avec leur mère ce soir, et je n'aurai pas la joie d'assister à une surprise que nous lui préparons. Si je vous parle de ce petit événement de famille, c'est pour vous expliquer pourquoi je ne vous ai pas apporté une somme ronde tout à l'heure. J'ai été dégager, dans une vieille maison clémente aux gens comme il faut, — le Mont-de-Piété, vous l'avez deviné, — une robe de dentelles de ma pauvre femme. Elle la portait le jour de son mariage, elle ne la remettra probablement jamais : il lui était doux de la revoir cependant, et j'attendais avec impatience le moment de la lui rendre. Pauvre chère âme douloureuse et résignée, je n'assisterai pas à son parfait contentement ! Le travail nous enlève des joies, mais il nous en apporte aussi ; et si elles sont plus austères, il ne faut pas les mépriser.

— N'auriez-vous pas pu attendre votre retour pour cette cérémonie aussi touchante que celle des noces d'argent ou d'or dans un bon ménage ? demanda Guy. J'aurais sollicité l'honneur d'y être convié.

— Je ne veux pas attendre, répliqua l'architecte soucieux. Ma femme est trop souffrante et...

Il fut interrompu par l'arrivée de Mme Jousselin et de Mme de Varanville et par la vue de Nicolas. — Madame la comtesse est servie, dit le valet de chambre en ouvrant à deux battants les portes de la salle à manger.

— Hein ! mon neveu, quelle alerte ! dit méchamment la fondatrice des « Montagnes de France » sans ménagement pour sa nièce, sans respect pour les secrets qu'on ne dit pas devant les domestiques.

— L'émotion a été moins vive que vous ne le supposez, ma tante, répondit Guy très gaiement, en passant le bras de la vieille femme sous le sien. J'ai trouvé un ami.

— A dix pour cent n'est-ce pas ? dit-elle en baissant la voix pour n'être pas entendue de M. Desroches, et furieuse dans son avarice, d'avoir manqué de prêter de l'argent à un taux élevé : — A dix pour cent ! répéta-t-elle... Et vous ne m'avez pas donné la préférence !

— Vous vous trompez, répondit vivement le comte, il n'y aura entre mon ami et moi ni intérêts ni billet signé. Il se fie à moi comme je me fierais à lui en pareil cas.

— Que chuchotez-vous ainsi tous deux, madame ma tante

et monsieur mon mari ? demanda Thérèse qui ne comprenait rien à ce mystérieux dialogue.

— Nous plaisantons, nous nous taquinons, ne t'en inquiète
pas, ma chère Thérèse, répondit vaguement la grand'tante.

Le sang-froid de
Guy avait refroi-
di sa colère, et
elle comprenait
maintenant qu'il ne fallait pas
alarmer sa nièce, si peu habi-
tuée aux émotions.

Elle n'en gardait pas moins
un profond ressentiment contre M. de Varanville. Elle
voyait en lui l'homme prodigue, sollicitant un emploi de
douze cents francs dans quelques années, et, de faute en
faute, réduit à demander un lit à l'hôpital pour y mourir.
N'en usait-il pas avec la fortune comme avec une bague
trop large au doigt, qu'on égare à chaque instant et qu'on
finit par perdre tout à fait ? Pour elle, c'était un artiste, un

fantaisiste, et elle n'appréciait que les bons comptables, les gens sages et ordonnés. En revanche, son estime pour M. Desroches grandissait. Comme il avait su prospérer en peu de temps ! Il gagnait maintenant largement sa vie, il établirait sûrement ses enfants... et tout cela grâce à l'*économie*, idole vénérée de Mme Jousselin, car elle ne prononçait jamais le mot d'avarice, pas plus qu'un gros mangeur ne se dit *gourmand*, il aime mieux se croire gourmet et donner à son défaut un parfum d'élégance.

Le repas terminé, la vieille dame prétexta des lettres à écrire et remonta chez elle ; Hortense l'attendait en haut de l'escalier.

— Si je ne craignais d'être indiscrète, fit-elle, je demanderais bien à Madame pourquoi elle met ainsi un papier entre la rampe et sa main lorsqu'elle monte ?

— Sotte que vous êtes ! C'est d'abord pour ne pas glisser ; les chutes sont mortelles à mon âge, et puis j'évite la poussière pour n'avoir pas à me laver les mains. Les savons s'usent d'une manière incroyable.

— Et si madame mettait de vieux gants ?

— Apprenez que pour moi il n'y a pas de vieux gants. Ceux qui ne sont plus frais sont encore bons pour aller dans la rue ; quant à ceux qui sont neufs, on les exhibe seulement dans les visites de cérémonie. Enfin ! me voici arrivée. Fermez bien les portes et racontez-moi ce que vous avez entendu à la cuisine.

— Eh bien, madame, on dit que M. de Varanville doit

plus de soixante mille francs sur cet hôtel. Il est si faible qu'il ne sait pas se faire payer par ses fermiers. Les domestiques craignent de voir aller ses affaires de mal en pis et de n'être plus payés à un moment donné.

Elle mentait et exagérait à plaisir, heureuse d'augmenter les dispositions hostiles de sa maîtresse envers sa famille.

— Et je laisserais à Thérèse et à son mari tout ce que je possède? ce serait une insigne folie ! s'écria l'avare. Je vais prendre des mesures en conséquence et écrire mon testament. Y a-t-il encore de l'encre dans l'écritoire, ma bonne ?

— Je n'en vois pas beaucoup ; seulement, il n'est pas difficile de l'allonger, répliqua Hortense. Elle sentait en ce moment que son avenir pouvait être entravé par une goutte d'encre, ou par un grain de sable, et, les petits obstacles ne lui faisant pas peur, elle s'arrangeait pour les faire sauter comme de frêles barrières.

Elle apporta à sa maîtresse un encrier plein ; la vieille tira ses lunettes de leur étui, essuya sa plume fourbue, tira d'un buvard deux feuilles de papier timbré (en sa qualité d'ancienne commerçante elle en possédait encore quelques échantillons), et lentement, de l'écriture un peu tremblée des vieillards, elle écrivit deux testaments. Hortense la regardait faire sans broncher, sans oser parler, se disant seulement à part soi :

— Je recueille donc le salaire de mes peines, le dédommagement de mes privations !

Et ce moment lui fut doux, car elle l'avait attendu long-

temps. Si la patience est une herbe qui croît naturellement
dans le jardin des solitaires et des célibataires, cultivée
par la vieille bonne, elle avait pris les proportions d'une
plante des tropiques. Et joyeuse, éclatant dans son corsage
baleiné, et contenant cependant toutes ses impressions,
Hortense répétait intérieurement : Enfin ! enfin !

Voici quels étaient les deux testaments de Mme Jousselin :

« Je soussignée Véronique-Victoire Labarte, veuve de
« M. Jousselin (Albert-Jacques), propriétaire, demeurant
« actuellement à Paris, 76, rue Cardinet, nomme pour exé·
« cuteur du présent testament mon neveu par alliance,
« M. le comte Guy de Varanville que je prie de vouloir
« bien accepter cette mission. A la fois prodigue et d'une
« honnêteté scrupuleuse, il sera bien aise de voir des
« capitaux passer dans ses mains sans qu'il lui en reste
« grand'chose au bout des doigts. Il a les qualités requises

« pour me bien comprendre et pour accomplir ce que je
« désire point par point.

« Commerçante retirée des affaires, je ne dois ma for-
« tune qu'à moi-même. Mon revenu est de cinquante mille
« francs par an, en rentes sur l'Etat et obligations de che-
« mins de fer dont les titres sont déposés chez maître
« Rousselet, mon notaire à Evreux. Je ne mentionne que
« pour mémoire la petite maison de trente mille francs que
« j'habite dans cette même ville, et le mobilier d'occasion
« qui garnit trois pièces seulement dans cet immeuble que
« j'occupais avec ma domestique et où j'ai passé les jours
« les plus tranquilles de ma vie.

« Voici comment je désire que ma fortune soit employée
« et divisée :

« 1° Quarante mille francs de rente, servis régulière-
« ment par maître Rousselet, serviront à fonder à Auteuil
« une maison de retraite pour les employés de commerce
« des deux sexes, une sorte de Sainte-Périne populaire
« qui s'appellera l'Asile Jousselin. J'estime qu'avec cette
« somme, nous pourrons avoir vingt lits et recevoir vingt
« personnes, admises à partir de soixante ans. Mon idée
« n'est qu'en germe : d'autres âmes charitables comme
« la mienne lui donneront tout son développement.

« 2° Maître Rousselet placera cent soixante mille francs
« en rente viagère sur la tête de ma nièce Mme de Varan-
« ville. J'insiste en faveur de la rente viagère, car M. de
« Varanville dévorerait un capital en charités, et sa femme

Elle se déguisa en mariée. La jupe avait trop de fronces.

« en toilettes et en objets de luxe pour elle et ses enfants.

« 3° Cinquante mille francs nous restent. Je les lègue à ma
« prudente, économe et dévouée servante, Hortense Sil-
« vestre, qui m'a servie jusqu'à ce jour avec zèle et a
« fait preuve d'un entier dévouement.

« 4° A Hortense Silvestre, je lègue aussi la maison
« d'Evreux (laquelle a besoin de réparations et se vendrait
« de la façon la plus désavantageuse), mon mobilier, ma
« garde-robe et tous mes portraits. J'ai toujours été laide,
« et cette brave fille, seule, regardera avec plaisir mon
« image.

« 5° Je désire un enterrement simple, mais convenable,
« point de musique ni de fleurs. L'ornement qui convien-
« drait à ma tombe serait une balance : elle rappellerait
« ma probité commerciale et mon esprit de justice. J'ai
« consulté sur ce point et l'on m'a dit que cet emblème
« serait ridicule. Je me contenterai donc d'une simple
« pierre avec mon nom.

     « Véronique-Victoire Labarte, veuve Jousselin.

« Fait à Paris, le vingt-six septembre mil huit cent
« quatre-vingt-quatre. »

Lorsqu'elle eut terminé ce travail, Mme Jousselin accorda
un repos à sa main, prise de la « crampe de l'écrivain »
bien connue des auteurs et gens de bureau, puis elle essuya
ses lunettes, et de nouveau trempa la plume fourbue et
boueuse dans l'encré.

La seconde feuille de papier timbré, remplie par elle,

désignait encore le comte de Varanville comme exécuteur
testamentaire. Quarante mille livres de rente devaient
servir à fonder la Sainte-Périne des employés de commerce.
Seulement, prise d'un remords relativement aux Varanville,
Mme Jousselin leur léguait une rente viagère de neuf mille
quatre cents francs, et à Hortense Silvestre, elle donnait
six cents francs de rente seulement, la petite maison en
province, le mobilier fané, sa garde-robe usée, et ses portraits qu'un rapin, en passant, avait appelés des croûtes,
et un bon peintre « l'abomination de la désolation ».

— Ce deuxième testament, se dit Mme Jousselin en pliant
la feuille de papier en quatre, je le daterai plus tard, au cas
où Mlle Hortense cesserait d'être parfaite.

Et quand elle eut terminé sa tâche, sa figure rayonna de
joie. Le don d'un méchant, dit un proverbe étranger, tient
toujours de son auteur. Elle était ravie de se montrer
ladre envers les Varanville, généreuse envers sa domestique, et de faire un peu d'ostentation dans le coin de
province où elle avait vécu. Elle serait vénérée un jour
dans la maison de retraite dont elle venait de poser les
bases. Pour celui qui doit mourir sans enfants, il y a une
satisfaction intime à créer une fondation, quelque chose
qui représente une idée de continuité. On laisse à sa suite
une œuvre meilleure que soi-même.

Mme Jousselin se leva, tandis qu'Hortense, épiant tous ses
mouvements, la guettait pour voir où elle rangerait les
deux testaments, dont elle grillait de prendre connais-

sance. Par malheur, la chère avare n'aimait point qu'on scrutât ses intentions ; elle était le chien de garde de sa propre fortune et la défendait comme un os encore revêtu de viande et rempli d'une moelle savoureuse. Elle glissa les deux feuilles de papier timbré dans son corsage, s'habilla pour sortir et descendit l'escalier, en s'appuyant

encore sur ce journal arrangé en poignée de fer à repasser qui préservait sa main de la poussière de la rampe.

— Elle va chez un notaire et lui confiera ses testaments, pensa Hortense. Je ne saurai rien ! Attendre, dit-on, calme la colère et augmente l'ambition. Moi, je vieillis de dix ans quand j'attends une minute, je me dessèche à petit feu !

Tandis que ces événements se passaient dans le petit hôtel, M. Desroches hâtait ses préparatifs de départ pour la province. Giselle préparait sa malle avec tout l'ordre

d'une bonne petite ménagère, tandis que son père déran-
geait sans cesse ses plus habiles combinaisons en lui
apportant des bottes à placer par-dessus ses chemises et
de gros livres à coucher sur sa provision de cravates et
de gants. M. Fa, profitant de l'embarras général, était tout
à fait insupportable ; mouche du coche affairée, il n'aidait
personne et bourdonnait autour de son père et de sa sœur,
de façon à leur faire tourner la tête.

Il avait amené dans la chambre ses compagnons habituels,
Dagobert et Mirza, et amusait l'un aux dépens de l'autre en
donnant au singe posé à califourchon sur le dos de la
chienne une leçon d'équitation. Mirza eut les premiers torts
en grognant, en étalant ses belles dents blanches en signe
d'attaque, Dagobert nerveux et poltron se retourna brusquement et lui mordit la queue si profondément que le
sang de la victime coula sur le parquet.

— Sépare-les donc, petit lâche ! cria l'architecte impatienté.

Fabien tira Mirza par le collier, Dagobert par sa chaîne
et n'ayant plus à s'occuper des combattants il alla sanglo-
ter à la fenêtre ; le mot de son père l'avait blessé profondément, car le cœur d'un Rodrigue peut battre aussi dans
une poitrine d'enfant.

Irrité et pressé, M. Desroches embrassa à la hâte femme
et enfants et se jeta dans un fiacre, tandis que Céleste
aidait le cocher à monter la malle sur la galerie du véhicule.

— Tu n'as pas de recommandations à m'adresser, papa ?

demanda Giselle. Elle descendait exprès, sachant que dans les moments de hâte et de précipitation il y a toujours un *post-scriptum* dont on se souvient à la dernière minute.

— Si ; — donne la robe de dentelles à ta mère, ce soir, comme cela a été convenu entre nous, et tu m'écriras l'effet produit. J'aurais été si heureux de la voir contente, pauvre femme ! — Ah ! j'oubliais, dans deux jours je vous enverrai de l'argent. Pour le moment, nous sommes tous à sec. Adieu fillette, adieu Fabien. Céleste, je vous les recommande.

— Cocher, nous allons à la gare du Nord.

Lui parti, les enfants dînèrent dans la chambre de leur mère ; elle s'était sentie plus souffrante, faible à ne pouvoir soulever son bras et elle n'avait pas eu le courage de se lever. La fillette et le petit garçon campèrent autour de son lit, l'une mangeant son potage sur un cahier de musique, et l'autre rattrapant son assiette qui glissait sur un ancien jeu de dames. Leur modeste repas terminé, Céleste emporta la vaisselle, Giselle alla chercher un grand carton dans la pièce voisine et le posa silencieusement sur le couvre-pieds tandis que Mme Desroches la regardait d'un air étonné, puis elle ouvrit la boîte.

— Mes chères dentelles !..... murmura-t-elle d'une voix étouffée, — je ne croyais plus vous revoir !... Elles me rappellent tant de souvenirs heureux. — Que votre père est bon, mes chers petits, jamais nous ne l'aimerons assez !

Elle était toute saisie.

Pauvre robe de satin, recouverte de point d'Angleterre,

cadeau d'une marraine riche et généreuse, elle avait vu des jours brillants et courts, une radieuse journée de mariage, quelques fêtes, et c'était tout. La misère vint vite dans le ménage de l'architecte ; les bijoux partirent les premiers à intervalles réguliers, comme les pèlerins d'une procession, et les dentelles, réservées comme ressource dernière, finirent par les rejoindre. Elle avait jauni au Mont-de-Piété, en compagnie de cachemires démodés, de pendules qui ne sonnaient plus, de couverts d'argent noircis, de chaînes et de bagues enfermées dans de petites boîtes carrées. Elle gardait encore dans ses plis cassés quelque chose de douloureux. Pauvre robe ! on eût dit une sensitive froissée à tout jamais. Elle n'en apportait pas moins la joie dans la maison où elle rentrait, mais n'y revenait-elle pas trop tard ?

— Mets cette jupe et ce corsage, ma petite Giselle, dit la malade. Je ferai blanchir ces dentelles, et tu les porteras peut-être quand tu te marieras à ton tour.

— Oh ! non, maman, je préférerais une toilette plus simple, répondit la fillette en frissonnant. La jeunesse n'aime guère les objets anciens qui évoquent des souvenirs douloureux.

Cependant, elle obéit au désir de sa mère, et se « déguisa » en mariée. La jupe avait trop de fronces, les épaules du corsage étaient trop basses pour la mode actuelle, mais la grâce de Giselle para et rajeunit ce qui était démodé.

Elle releva fièrement la tête, marcha majestueusement, comme si elle passait devant la foule au bras d'un mari imaginaire, ravie par les sons d'un orgue fantastique. Et si adorable qu'elle fut, sa beauté n'était encore que le voile transparent de son âme, plus belle encore.

— On te donnerait seize ans, aujourd'hui, lui dit sa mère. Sais-tu que tu as beaucoup grandi depuis ton séjour chez Mme de Vareilles ?

— J'aurai bientôt quatorze ans, fit Giselle d'un air important.

— Monte sur un tabouret, qu'on te voie mieux, dit Fabien, — et suppose un moment que tu épouses Philippe de Varanville. Moi je suis un de tes invités et je viens te présenter mes hommages..... Madame la comtesse, je vous fais bien mon compliment...

— Quelle folie ! Le prince Charmant m'honore de son amitié, mais il ne me voudrait pas pour femme, répondit Giselle avec un peu de mélancolie. J'épouserai un architecte comme papa, ou un vieux docteur qui soignera maman...

— Oh ! je t'en prie, Giselle, ne me donne qu'un jeune beau-frère ; un monsieur chauve m'ennuierait ; je ne le veux pas plus âgé que Roger de Vareilles...

Ils s'amusèrent ainsi quelques instants, puis Céleste, toujours inexorable quand il s'agissait de la santé de sa maîtresse, arriva et leur fit signe de se retirer. Ils obéirent à regret ; Giselle ôta vite la robe blanche, et, prenant la main de Fabien, elle alla embrasser les joues de la chère

15

malade ; le petit garçon en fit autant et tous deux lui dirent
adieu.

La domestique demeura seule avec Mme Desroches ; comme
il s'agissait de refaire son lit pour qu'elle eut une meilleure
nuit, elle la souleva dans ses bras vigoureux pour la porter
jusqu'à une chaise longue.

— Je dois bien vous fatiguer ! cria la pauvre femme souffrante aux oreilles de la sourde. Je suis maigre, il est vrai,
ce qui ne m'empêche pas de devenir lourde avec l'âge.
Ah ! que je voudrais avoir la liberté de mes mouvements.

Quand le lit fut préparé, aussi blanc qu'un berceau,
Mme Desroches voulut se lever et marcher à petits pas selon
sa coutume pour éviter à sa domestique un nouveau voyage
et une nouvelle fatigue. Soudain elle sentit son mal envahir
son cerveau et la paralysie y monter comme dans ses
crises précédentes ; un son rauque et rappelant la voix
d'un sourd-muet, sortit de sa gorge, car sa langue se
pétrifiait aussi ; elle tomba en un bloc, comme une statue
sur le tapis. C'était la troisième attaque, celle qui ne fait
pas grâce.

Céleste le comprit ainsi. — Et cette dernière fois, quand
elle porta sa maîtresse dans l'alcôve, elle ne s'aperçut pas
qu'elle était plus lourde encore, car le chagrin doublait
son énergie et ses forces.

Et pâle, agitée, une fois qu'elle eut déposé son précieux
fardeau, la fidèle domestique se rendit auprès de Giselle.

— Mademoiselle, dit-elle à voix basse, vous êtes une

femme vaillante, vous, et non pas une enfant. On peut vous
annoncer un malheur sans chercher de détours. Venez, car
votre pauvre mère n'est plus. Je vous ai volé son dernier
regard !

La courageuse enfant la suivit, muette et résignée à ce
malheur prévu depuis si longtemps. Sur le seuil de la
chambre mortuaire elle retrouva la parole.

— Je vous en prie, Céleste, éloignez mon frère... il est
trop jeune... il ne pourrait supporter... Elle n'acheva pas
sa pensée, ayant à peine la force de penser. La domestique
apprécia d'autant plus la valeur de cet ordre d'éloignement
que la chambre du petit Fabien se trouvait être voisine de
celle de M** Desroches : c'était un coin du nid maternel.
En entendant du bruit à côté de lui, le petit garçon pouvait s'inquiéter, devenir importun, ou apprendre l'affreuse
nouvelle sans y être suffisamment préparé.

— Vous, dit la cuisinière en entrant comme un ouragan
dans la chambrette du jeune Desroches qui commençait à
se déshabiller, vous allez me suivre au grenier, et, avec les
vieilles caisses, fendre du petit bois pour mes fourneaux !

— A cette heure !... le soir ! s'écria le petit garçon étonné.

— Aimez-vous mieux que je vous réveille demain à six
heures ? Allons, pas tant de paroles, et suivez-moi, ajouta-
t-elle d'un air revêche.

Il obéit après s'être muni de quelques outils qu'il prit
sur son établi de menuisier. Ils montèrent au grenier, puis
lorsque Céleste vit son jeune maître occupé à briser les

caisses, elle s'esquiva lestement, lui laissant son chandelier de cuivre allumé pour qu'il n'eut pas peur, et donna
vite un tour de clef à la serrure.

M. Fa ne manquait pas de finesse. Il courut vers la porte.

— Ma bonne, cria-t-il, vous voulez vous débarrasser de
moi, je le vois bien. Est-ce qu'il est arrivé quelque chose
à maman ?

Ne sachant que lui répondre, elle lui jeta à la tête ce
mensonge gros comme un pavé, une de ces absurdités
invraisemblables comme en inventent les enfants et les
domestiques lorsqu'ils ont tort ou lorsqu'ils sont dans
l'embarras :

— Votre mère ? elle s'en va à la campagne, demain, de
très bonne heure. Et nous n'avons pas besoin de vous,
insupportable enfant !...

La voix s'éteignait peu à peu, toujours en grondant.

Entre les ardoises du toit, le vent soufflait et pouvait
éteindre la bougie ; Fabien se vit emprisonné et travailla
sur le champ à sa délivrance. Il avait un ciseau et un mar-
teau ; de ses petites mains habiles, créées pour la mécanique, il démonta la serrure de sa prison. Sa lumière
s'éteignit, il poursuivit sa route dans l'obscurité complète
de l'appartement ; un filet lumineux passait sous la porte
de la chambre de sa mère, il alla y frapper doucement.

— Giselle, dit-il avec douceur, est-ce que maman est
plus mal ?... est-ce qu'elle est morte ? J'aurai du courage,
vois-tu, quoique papa m'ait appelé petit lâche.

La grande sœur ouvrit au petit frère : ses larmes lui apprirent tout.

— Tu peux avoir peur de la mort, lui dit la jeune fille en forme de dernier avertissement. Réfléchis avant d'entrer.

— Il n'y a pour moi ni morts, ni revenants, répliqua Fabien avec fermeté. Il y a maman — et je n'ai pas peur de maman.

Et il marcha d'un pas intrépide jusqu'au lit. Quoi ! c'était tout ce qui restait de leur mère, un corps ! Le regard, le sourire, envolés ! Et ce rose fugitif des joues, auquel on croyait comme à une fausse promesse de santé, faisait place à une pâleur de cire.

— Pauvre maman ! nous lui avons fait de la peine, souvent : nous sommes de grands criminels, Giselle !

Il pleura longtemps dans ses petits poings fermés, puis, quand il eut repris courage : — C'est à nous d'habiller maman pour la dernière fois, dit-il à sa sœur. Ne laissons personne la toucher.

Tous deux firent cette toilette funèbre, coupèrent les cheveux de leur mère, joignirent ses mains sur le drap, fermèrent ses yeux. Lentement, avec mille soins, ils lui mirent la robe de dentelles, pauvre robe venue trop tard, comme viendront toujours le bonheur et la justice dans la maison du malheureux !

Ils renvoyèrent Céleste et ne voulurent être assistés par personne, vaillants dans cet effroyable malheur comme le

sont les courageuses petites mouettes qui passent au-
dessus de la tempête et de la mer déchaînée.

Et M. Desroches, quand il revint le lendemain, les trouva
agenouillés, veillant, pleurant. De la sublime résignation
de sa fille, il ne s'étonna guère, mais il traita Fabien avec
plus de respect, l'appela « mon brave petit docteur » à
partir de ce jour et ne lui parla plus des prouesses guer-
rières des Romains.

CHAPITRE IX

Un mois s'était écoulé depuis que la famille Desroches et la famille de Varanville, réunies, avaient conduit la pauvre mère de famille à sa dernière demeure.

Comme elle avait raison, dans son naïf jugement, la vieille Céleste ! C'est bien la campagne, le cimetière, c'est le repos complet sous une couverture de fleurs, avec le chant des oiseaux qui berce les morts, c'est la liberté succédant à l'emprisonnement parmi les humains. Là, nous sommes riches, car nous n'avons plus besoin de rien ; là, nous sommes heureux, car la déception n'est pas à côté de l'illusion, et nous revenons à la terre comme l'enfant prodigue revient dans sa famille, pour y être fêté, pour qu'on jette encore des roses sur son passage.

Et dans le petit appartement qui semblait trop grand à ces pauvres Desroches, maintenant, la petite maîtresse de maison prenait tristement la place de la grande. Elle venait

s'asseoir en face de son père, à table, elle accaparait le coin
du feu, elle sonnait Céleste gravement au lieu d'aller à elle,
elle appelait son frère « mon enfant » et son regard se
voilait de larmes aussitôt. Giselle peu à peu devenait une
personne très importante ; depuis son deuil elle portait
des robes plus longues, et relevait ses longs cheveux flot-
tants en un simple nœud sur sa tête ; à la rigueur on pouvait la prendre pour une très jeune femme, car elle mettait
l'alliance de sa mère à son doigt. Jamais, par exemple,
elle ne put se décider à usurper sa chambre : cette pièce
resta telle qu'elle était du vivant de la pauvre femme, avec
plus de fleurs peut-être, les fauteuils encore rangés autour
du lit, comme si la malade, couchée, allait écarter ses
rideaux, et, de nouveau, sourire à ses enfants.

Tous les siens pensaient à elle et n'en parlaient jamais
devant les étrangers. Ils rentraient leurs larmes, sachant
que nulle main ne pouvait les essuyer. La douleur que l'on
cache fuit le remède, parce qu'elle sait bien qu'il n'y en a
pas.

Tout est contraste en cette vie, et tandis qu'on se déso-
lait de ce côté de l'habitation, les Varanville se réjouissaient
du retour d'Henriette et de son mari : ils avaient terminé
leur voyage de lune de miel, car l'automne rendait la
nuageuse Angleterre plus brumeuse et humide, et ils étaient
revenus à Paris auprès de leur famille toujours disposée à
les accueillir et à les garder le plus longtemps possible.

Ils ramenaient avec eux miss Sullivan et attendaient la

Il portait très haut la tête

visite de Mme de Vareilles, qui accourait pour embrasser
son fils au passage, avec la ferme résolution de ne pas
accaparer le jeune ménage plus de vingt-quatre heures.

On le voit, c'était un véritable congrès composé d'élé-
ments différents, venus de points éloignés, et chaque personne se réjouissait particulièrement de cette heure de
réunion, qui commencerait par de tendres effusions et
finirait par un toast éloquent au dîner, si toutefois l'un de
de ces messieurs — sous prétexte que les femmes seules
sont bavardes — voulait bien prononcer un petit discours —
imprévu...

Quand Mirza revit sa jeune maîtresse, elle fit tant de
bonds joyeux, qu'Henriette ne put distinguer qu'un tour-
billon noir dans les airs. Le bonheur fit perdre toute
dignité à la bonne bête : elle monta sur les fauteuils, sur le
canapé, sur les tables chargées de bibelots, et la jeune
Mme de Vareilles ne put échapper à un grand coup de langue
sur le nez. Si mignon qu'il fut, ce joli nez aux narines
transparentes, il tenait bien, sans quoi Henriette ne l'eût
pas gardé.

Tout à coup, elle éclata de rire, et se tournant vers son
frère :

— Explique-moi, Loulou, pourquoi Mirza, qui est noire,
a la queue jaune ?

Louis raconta sur-le-champ l'accident arrivé à la
chienne : Dagobert l'avait mordue au point de lui casser
la queue, et comme de fréquents pansements ne la lui rac-

commodaient pas, Fabien avait imaginé de découper le
cuir de deux paires de bottes jaunes et d'en confectionner
un étui pour le beau « panache » de Mirza ; cet ingénieux
appareil lui tenait au corps par un harnais semblable à
ceux qu'on met aux carlins aujourd'hui.

— Ce brave petit Fa, dit Henriette, il est né chirurgien.

Pendant que le frère et la sœur causaient, Mirza descendait à la cuisine et
en ramenait succes-
sivement quatre pe-
tits chiens, par la
nuque ou par l'oreille
et les présentait à sa
chère maîtresse. Rien
n'était plus amusant
que de voir, une se-
conde plus tard, cette
mère allaitant sa pe-
tite famille, tandis
que la belle queue

jaune s'allongeait sur le tapis, sans expression et sans
mouvement, comme une gaîne de fusil.

— Regarde ces gentils toutous, fit Loulou, qui en prit
deux dans ses bras pour les montrer à sa sœur. Leurs yeux
sont aussi petits que des boutons de bottine, et ne brillent
pas encore ; sans doute, ils ne distinguent pas bien les
objets, ni la nuit du jour. Ce sont des poupons, des nou-

veau-nés. Maman a dit qu'il faudrait en noyer trois.

— Oh! par exemple! je m'y oppose, s'écria Henriette. Et pour célébrer mon arrivée, je demanderai à ma mère la grâce des enfants de Mirza : on leur procurera une nourrice. Justement, la chienne de la charbonnière n'a qu'un petit, elle pourra aider ma chérie dans sa tâche.

— Oui, reprit Loulou avec son air gouailleur, on lui fournira un bonnet rond, du sucre, du savon, et une montre d'argent à la première dent des petits mirzaillons. — quelle tendresse tu as pour les moutards, ma pauvre Henriette, maintenant!

Une grosse larme, aussitôt essuyée, brilla dans les yeux de la jeune femme.

— Je serais si malheureuse de n'en pas avoir. Et Roger les aime tant!

— Pourquoi n'en aurais-tu pas, on dirait que tu as l'âge de Sarah, — et elle a bien eu un fils. D'abord je veux être oncle de plusieurs filles et garçons et je les mènerai à la baguette, ces petits-là.

— Ils te désobéiront comme tu désobéissais.

— Cela se peut bien! Notre grand'tante Jousselin dit quelques fois : C'est le ciel qui accorde les enfants, et c'est le diable qui donne les neveux.

Elle n'a pourtant pas eu à se plaindre de nous.....

La causerie de la grande sœur et du petit frère fut interrompue par l'arrivée de Mme Jousselin, de M. et de Mme de Varanville, de miss Sibyl, et tandis qu'ils prenaient place

autour de la jeune femme, deux voix discutaient dans l'antichambre. L'une, très forte, très masculine, sortait du
gosier de Mme de Vareilles ; la seconde, plus harmonieuse-
ment timbrée, appartenait à Roger qui recevait sa mère.
Après l'avoir tendrement embrassée, puis débarrassée de
son chapeau et de son manteau, il entr'ouvrit la porte du
salon :

— Ma mère demande si elle peut entrer avec son groom ?
dit le jeune homme en s'adressant à la comtesse.

— Certainement, si elle le désire, répondit Thérèse habi-
tuée aux excentricités de la belle-mère de sa fille.

L'originale personne se montra enfin, en poussant
devant elle un groom habillé d'un costume de drap « pain
brûlé », rehaussé par un superbe gilet rouge. Les cinq
doigts de sa main se cramponnaient au bord de son chapeau, objet d'un respect particulier. Il portait très haut la
tête pour ne pas froisser son faux col.

— C'est Jean-Louis ! s'écria joyeusement Mme de Varanville. Je suis bien contente de le revoir, sans pouvoir
m'expliquer, ma chère amie, comment il est à votre service ?

— Je vous raconterai cette petite histoire tout à l'heure,
répliqua Mme de Vareilles. — Maintenant qu'on t'a vu, des-
cends à la cuisine, mon enfant, aide tes camarades et com-
porte-toi bien.

Jean Louis ne bougeait pas. Il semblait pétrifié devant
Henriette. — Mademoiselle ne se souvient pas (il continuait
à la prendre pour une jeune fille) que c'est elle qui m'a

coupé les cheveux dans le jardin d'Houlgate ? Je ne l'ai pas oublié, moi ! Il se tourna vers Mme de Vareilles d'un air piteux : — Madame, que voilà, défend de parler des cheveux quand on est à table, mais puisque l'on ne va pas s'y mettre encore, je crois bien pouvoir parler des miens sans dégoûter personne. J'étais donc très sale, et Mademoiselle a eu la bonté de me nettoyer la tête à sa manière en me rasant comme un pré...

— Oui, et maintenant, comme tu es très propre et, de plus, gras et frais, on peut t'embrasser, dit Henriette en riant. — Tiens, voilà pour t'amuser.

Elle l'embrassa et lui remit dix francs, que Jean-Louis regarda avec vénération dans la paume de sa main, comme tout à l'heure il regardait le fond de son chapeau.

— Je vais conduire ce pauvre petit à la cuisinière en lui recommandant d'en prendre bien soin, dit Roger en s'emparant de la main du groom, il ne connaît pas la maison et s'y perdrait.

— Ah ! ça, ta femme aime donc les enfants, maintenant, demanda Mme de Vareilles à son fils qu'elle avait accompagné dans l'antichambre.

— Elle les adore et va même jusqu'à embrasser les petits ramoneurs.

— Quand je te le disais ! Il ne faut pas se hâter de juger les jeunes filles. Leur esprit ressemble à une pêche, plus mûre d'un côté que de l'autre. Ce qui était *vert* en elle, c'était l'instinct maternel, eh bien ! ce côté défectueux a

mûri, grâce à un rayon de soleil, grâce à un commencement de bonheur. Je te félicite, mon ami, ta femme t'aime,
et, crois-le, elle élèvera bien ses enfants.

Ils se séparèrent, Mme de Vareilles revint auprès des
Varanville, tandis que Roger descendait l'escalier tournant
du sous-sol.

— Nous demandons l'histoire de Jean-Louis, dit
Mme Jousselin.

— Je ne vous la ferai point attendre, madame. Eh bien !
tous les quinze jours à peu près, j'allais voir notre protégé
dans l'asile où il apprenait le métier de jardinier. Il m'y
faisait fête, le pauvre abandonné, et même il défendait à
ses camarades de se moquer de moi. Quand je passais
dans un double rang de blouses bleues j'entendais des voix
qui murmuraient : — Je t'assure que c'est un homme
déguisé en femme : elle a des moustaches et elle marche
comme un grenadier. Et Jean-Louis de répondre :

— C'est une femme ! c'est une très bonne dame, qui
s'intéresse à moi et que j'aime de tout mon cœur... Aussi,
je m'attachais de plus en plus à ce bonhomme et l'interro-
geais pour savoir s'il était content de son sort. — Oh ! oui,
madame, me disait-il ; le matelas de mon lit est plus doux
que les fossés dans lesquels je dormais ; le haricot de mouton et le bouilli sont excellents, mais je ne mords pas du
tout au jardinage. J'avais rêvé mieux : quand on se sent de
l'intelligence et des capacités... — Que voudrais-tu être,
Jean-Louis ? — Domestique ! — Cette ambition folle me fit

beaucoup rire. — Réfléchis, mon enfant, lui dis-je. Tu n'es pas plus haut qu'une botte.

Il faudra ajouter des échasses à tes petites jambes si tu veux servir à table. — Madame, je ne vivrai pas, tant que je n'aurai pas un bel habit bleu ou vert, des galons et des boutons dorés !...

— Où la vanité va-t-elle se nicher ? dit le comte. C'est un défaut qui vit toujours en nous que nous donnons en spectacle aux autres, sans jamais mettre « relâche » sur l'affiche.

— Pour satisfaire le désir orgueilleux de ce pauvre petit, reprit Mme de Vareilles, je résolus d'aller voir sa seconde protectrice, la femme du préfet qui donnait, de temps en temps, à Jean-Louis des preuves de son intérêt. Ah! l'inoubliable visite! J'entre dans un salon où il y avait trop de monde, absolument, comme chez moi, à Houlgate, lorsqu'il pleut et que les gens ne savent que faire de leur temps. Tant de visiteurs, quand j'avais une requête à présenter à la préfecture, quelle contrariété! Ma mauvaise vue se trouble. Il me semble que M. le préfet m'offre un fauteuil, j'accepte et... je m'assieds sur sa femme, qui portait une robe verte du même vert que son mobilier.

16

Un éclat de rire de l'auditoire interrompit l'anecdote de
Mme de Vareilles.

— Vous riez ! Eh bien ! voilà le succès que j'ai obtenu
là-bas ce jour-là ! Je me relevai presque aussitôt, pendant
que celle que j'avais écrasée se remuait encore endolorie
et me casait dans une bergère, par peur d'un nouvel effon-
drement de ma personne. Lorsque nous fûmes un peu
remises l'une de l'autre, j'exposai à cette femme aimable
l'objet de ma visite.

— Je ne saurais trouver ici l'emploi d'un groom, me dit-
elle. C'est un genre de domestique tout à fait démodé. Les
charlatans, les couturiers à la mode, les propriétaires de
grands magasins, seuls en ont. Les jeunes gens qui pos-
sèdent des chevaux et un tilbury n'en veulent même plus,
ils préfèrent un cocher ou un palefrenier, et avec raison :
un enfant est si peu capable de tenir un cheval en main !
Et chez vous, madame, ne trouveriez-vous pas une occupation pour Jean-Louis ? — Certainement ! seulement, je n'y
avais pas pensé ! Je ne sais pourquoi on va demander aux
autres ce qu'on pourrait faire soi-même !.. Sur cette belle
parole, au moins inutile, je me retire en serrant les mains
de ma victime, puis, pour couronner mes succès, je m'in-
cline gravement devant le portrait du préfet, croyant
saluer le préfet lui-même, qui, de l'autre bout du salon,
se lève pour me reconduire. J'entends les rires de la
moqueuse assemblée... et voilà comment, grâce à ma
myopie, Jean-Louis est devenu groom chez moi.

— Il n'est probablement bon à rien, ? observa Mme Jousselin.

— Dans les commencements, assurément, il ne m'a pas
été très utile, reprit Mme de Vareilles. — Il mettait sa livrée
noisette tout de travers, et, dans son ignorance de petit
paysan, il venait me trouver en me disant : — Si Madame
voulait me boutonner mes guêtres, elle me rendrait service
je ne peux pas y arriver. Les boutons et les boutonnières, ça
ne veut jamais concorder. — Maintenant, il s'ingénie à travailler, il est très propre et très agile, seulement il est toujours perché, parce qu'il est trop petit pour atteindre les
objets. Je l'ai déjà reçu deux fois sur la tête.

— Pauvre mère ! dit Roger, il ne vous arrive jamais que
des aventures extraordinaires.

L'excellente femme était la première à avouer ses travers et son excentricité ; charmante par l'esprit, par le
caractère, elle savait vieillir, science rare, et garder un
cœur jeune et aimant pour les siens.

Guy lui offrit le bras pour la conduire dans la salle à
manger où Jean-Louis aidait Nicolas dans son service.
Pour le moment, l'emploi choisi par lui se trouvait à la
hauteur de ses moyens, il retirait d'abord les chaises et
les poussait sous chaque invité, sans brusquerie et en
observant les petites manies de chacun. Ainsi, Mme de
Vareilles se mettait tout près de son assiette par égard
pour sa mauvaise vue, et Mme Jousselin se plaçait loin de
la table comme si elle craignait de froisser sa belle ser-

viette damassée... Le vigilant petit gnome voulait se rendre
compte de tout.

— Et Philippe ? demanda Henriette étourdiment lorsque
tout le monde fut assis.

Elle venait de parler comme si son frère était à un cours
ou à une répétition et s'était mis en retard pour rentrer.

Son père, à l'époque où il lui écrivait, lui avait pourtant mandé la brouille de Philippe avec sa mère. Malgré
cela, la jeune femme persista à croire que ce n'était là
qu'un *froid* aussi peu durable qu'une matinée de givre en
automne. Elle comprit l'importance de sa maladresse, en
voyant pâlir sa mère, et Loulou fut, cette fois, si effrayé
de sa mine, qu'il retint les paroles toujours trop vives à
s'échapper de ses lèvres, avec la prudence d'un vieux sage
de la Grèce. — Je l'avais bien dit, qu'Henriette demande-
rait Philippe..... aurait-il volontiers crié devant toute l'assemblée : il se tut, et fit bien.

Malgré cet incident, le repas fut gai et la conversation
animée. Seule, Mme Jousselin demeura soucieuse, tout
en redemandant du champagne et en louant surtout la
mousse de ce délicieux breuvage qu'elle recommandait
plus spécialement aux autres, en ayant bien soin de se
faire servir par Hortense le vin lui-même.

Au moment où l'on quittait la table, l'ancienne gouvernante d'Henriette, toujours polie avec les inférieurs,
adressa, par égard pour les Varanville, quelques paroles
bienveillantes à la domestique de Mme Jousselin.

— Je me portais mieux en province, répondit la servante flattée d'être interrogée sur sa santé en particulier. — On ne voyage plus à l'âge de Madame et au mien ; de vieux meubles comme nous doivent rester adossés au mur. Je remercie *madame Miss* de ses bontés pour moi.

— J'aimerais bien savoir pourquoi Hortense vous

appelle « madame Miss », demanda la comtesse, en faisant asseoir Sibyl entre son mari et elle, quand on fut de retour au salon.

— Parce qu'elle s'imagine que *Miss* est un nom de famille et si elle y ajoute *madame*, c'est parce qu'elle suppose, d'après les achats que je fais à Paris, que je suis mariée, ou que peut-être bientôt...

Il y eut un cri général. — Sibyl se marie ! — Et elle ne nous en dit rien !... — Pourquoi ce mystère ? L'institutrice reprit sans s'émouvoir : — Je n'ai pas voulu troubler vos joies de famille. En prononçant le mot de mariage, je vois que j'ai autant de succès que Mme de Vareilles lorsqu'elle prend une femme assise pour un fauteuil vert. Eh bien, oui, la nouvelle est vraie ! Je ne me fais pas d'illusions sur ma fraîcheur, on croirait que je suis née fanée, ma santé a toujours été précaire ; je possède un morceau de pain et un morceau de terre pour toute fortune ; enfin, ce qui rebuterait un homme m'a valu un fiancé et un épouseur ; aussi, j'en suis très fière !

— C'est le jour des historiettes, interrompit Mme de Vareilles en riant. — J'ai payé mon écot par une anecdote apéritive ; miss Sullivan nous doit, après dîner, une anecdote digestive.

— Avant de commencer cette intéressante narration, dit gaiement Sibyl en posant sa main gantée sur celle du comte avec un geste amical, je dois exprimer toute ma gratitude à M. de Varanville, car c'est grâce à sa protection que j'ai réussi à placer mes éventails et à réaliser de quoi vivre dans mon pays. Ah ! comme je les ai souvent bénis, ces chers Anglais et Américains qui achetaient mes peintures, œuvres remarquables, qui ont peut-être fait naufrage et servi de nourriture aux poissons, au fond de la mer.

— Passez la préface et allez au fait, chère Miss, dit Guy.

— J'étais donc propriétaire d'une maisonnette et d'un jardinet ; je pouvais m'acheter deux robes par an, et il m'était permis de ne plus jamais donner de leçons ; je

croyais donc avoir atteint le sommet du bonheur, quand
mon voisin, sir Harry Ferguson, propriétaire d'un château
et d'un parc magnifique, vint troubler ma douce quiétude.

Un mur mi-
toyen sépare
nos deux pro-
priétés : il me
vient à la hau-
teur du men-
ton ; il lui frôle le bas de
l'épaule. Un jour, j'aperçois
de l'autre côté de la séparation, un géant à barbe grise
et il me dit d'une voix qui ressemble
au tonnerre lointain : — Miss Sullivan,
votre lierre est un indiscret, il vient chez moi quand il
devrait rester chez vous. J'aurais le droit de vous intenter
un procès pour cette intrusion. Les femmes n'ont aucun
respect de la propriété... Ces yeux menaçants sous des
sourcils en broussailles, cet homme gigantesque qui rappelait Guillaume le Conquérant, moins l'embonpoint exagéré, me firent trembler. Je montai sur un tabouret, et sou-

levant une grande paire de ciseaux, comme Jeanne d'Arc
dut soulever son épée à la première bataille, je rendis les
armes à l'ennemi. — Ne pourrait-on, monsieur, couper le
lierre et éviter le procès ?... Il venait de monter sur une
chaise et je compris que cet homme orgueilleux et iras-
cible voulait me tenir tête et m'humilier. — Reprenez vos
ciseaux, dit-il, demain je vous enverrai l'homme de loi. Le
lendemain, en effet, on sonnait à ma porte, mais ce ne fut
pas un *suitor* quelconque qui se présenta, je vis entrer
mon voisin en personne.

— Quel homme ! fit Henriette. J'en aurais eu peur comme
de Barbe-Bleue.

— Je déteste le lierre ! répéta-t-il sans autre préambule.
C'est l'emblème du parasite. Toute ma vie, j'ai été la victime
des parasites. Ce sont eux qui m'ont fait devenir misan-
thrope. — Ils ne vous ont pourtant pas étouffé, répliquai-je.
Et moi, Monsieur, j'aime cette petite plante, elle ne
dédaigne pas la pauvreté, elle s'attache aux ruines ; son
mérite à mes yeux est de représenter l'obscure fidélité...
— Vous ne voulez pas sacrifier votre lierre et lui couper
la tête de manière à ce que, de mon parc, je ne puisse en
apercevoir un seule feuille ? Alors, plaidons... Je recom-
mençai à trembler, sachant que nos procès anglais durent
la vie d'un homme : celui-là dévorerait mon cottage en
miniature ; je compris la féodalité et la haine du vilain
contre l'injuste seigneur. Soudain la figure de mon tyran
se radoucit. — Abattons le mur, brûlons la plante parasite,

— Le diable soit des meubles !

et... épousons-nous. Oh ! vous pouvez vous renseigner sur mon compte, on vous dira que je suis un brave homme. En ce qui vous concerne, je sais à quoi m'en tenir, vous êtes...

— La délicatesse, le dévouement, la fidélité en personne, acheva Mme de Vareilles...

— Merci, Madame, dit Sibyl Sullivan en embrassant la comtesse ; voici donc mon histoire terminée ; j'ai accepté la proposition : j'épouse un original, il est vrai, mais un être distingué et bon ; j'aurai un vieux château où je vous convie, et ma maison, si importante à mes yeux, deviendra la loge d'un suisse, gardien de la propriété...

— Elle a de la chance, cette *meurt-de-faim*, murmura à voix basse Mme Jousselin, en s'adressant à Roger. La colère, le mécontentement ramenaient quelquefois sur ses lèvres ces expressions vulgaires, qu'elle eût désapprouvées, étant de sang-froid. Enviable par ses richesses mêmes, la vieille femme devenait envieuse, à son tour, des fortunes subites, parce qu'elle avait amassé la sienne sou à sou, péniblement.

— Pauvre fille, elle mérite bien son bonheur, elle a travaillé et souffert, répondit Roger, plus impartial et plus juste.

Mme Jousselin se leva. Aucune réception mondaine ne pouvait lui faire oublier son coucher ni le soin de sa santé.

— Il est tard, dit-elle, et comme je ne pourrais me retirer sans être vue, je prends le parti de vous adresser mes adieux ostensiblement, Mesdames.

— Onze heures! s'écria Mme de Vareilles. Et moi qui m'oublie ici parce que je m'y plais ! — Qu'on me mène à la gare, vite, et qu'on aille réveiller Jean-Louis : il doit dormir à la cuisine, ce pauvre enfant, en m'attendant.

— Chère mère, vous croyez donc qu'on trouve un train pour Cherbourg toutes les demi-heures, comme s'il s'agissait d'aller à Versailles ou à Saint-Germain ? Vous retournerez chez vous demain dit Roger.

— Acceptez notre hospitalité, ma chère amie, ajouta Mme de Varanville, et, baissant la voix parce qu'elle avait à prononcer le nom de l'absent : La chambre de Philippe est libre et agréable à habiter quoique un peu petite. C'est une vraie bonbonnière.

— Une bonbonnière sans bonbons ! riposta Loulou.

— Je n'ai pas besoin de friandises comme ce petit gourmand, mais d'un bon lit, de repos, de silence.

— J'espère que vous les trouverez, ma cousine, dit Guy.

— Il ne faut pas croire papa, Madame! cria Loulou avec empressement. Bien avant le jour, vous entendrez tous les bruits de la rue et les cris des marchandes des quatre saisons. Il y en a une, qui, une feuille de chou sur la tête, s'égosille à vanter ses beaux artichauts jusqu'à ce qu'il ne lui en reste plus un ; et puis un joueur d'accordéon viendra sous vos fenêtres : il ne sait qu'un air, mais il le recommence de si bon cœur !

— Et vous dormez avec ce vacarme ? Vous autres Parisiens, vous ressemblez vraiment à ces familles de forgeron

qui sommeillent au bruit des marteaux. Vos oreilles sont
blindées.

— Gamin incorrigible ! s'écria Guy en tirant l'oreille
de son fils. Tu ne devrais pas décourager ainsi Mᵐᵉ de Vareilles, elle a si peu de temps à nous consacrer...

En ce moment l'excellente femme embrassait sa belle
fille.

— Rassurez-vous, je ne resterai pas longtemps à Paris.
Il nous faut être rare pour qu'on nous aime, nous autres
vieux. N'ai-je pas raison, mignonne ? Oh ! soyez tranquille,
je ne serai jamais une gêne dans votre ménage, moi. Une
belle-mère ne doit faire que de courtes apparitions, comme
le soleil d'hiver. On réchauffe un peu les cœurs en train
de se refroidir, et puis l'on s'en va.

Henriette lui saisit les deux mains. — Ce n'est pas votre
fils seul que vous affligerez en partant, car vous êtes la
meilleure des femmes, ma seconde mère !

— C'est bon, petite flatteuse ! j'ai mes défauts aussi et
j'aime mieux qu'on les critique d'un peu loin, ainsi que
ceux des mauvaises peintures. Sur ce, bonsoir !

— Vous parlez, madame, comme si votre belle-fille était
parfaite, dit aigrement Mᵐᵉ Jousselin, sur le seuil de la
porte, miss Sullivan sait bien le contraire.

Mᵐᵉ de Vareilles fit semblant de ne point entendre cette
réflexion, et, précédée de Thérèse, elle se dirigea vers
l'ancienne chambre de Philippe.

— Ah ! çà, ma cousine, dit-elle, il me semble que

l'humeur de votre chère tante n'est plus au beau fixe. A qui en a-t-elle ?

— Elle pense sans cesse à son testament, répondit Mme de Varanville, elle l'a caché et craint qu'on ne le découvre. J'ai deviné cela d'après quelques paroles qu'elle a laissé échapper. Quel tourment qu'une fortune à garder !

Il ne fut plus question de Mme Jousselin pendant les deux journées suivantes. On avait réussi à garder Mme de Vareilles pendant ce court espace de temps, que Jean-Louis employa à commettre une grosse maladresse et une coupable indiscrétion.

Il était devenu l'ami de Nicolas, et le valet de chambre assez paresseux, ne dédaignait point de le faire travailler. Jean-Louis, armé d'un grand balai, portant Dagobert sur son épaule, (ces deux compagnons d'infortune s'étaient retrouvés avec plaisir), aidait au service de l'appartement. S'il ne cassait rien, le cher enfant touchait à tout. Il n'aurait pas lu une lettre ouverte, mais il pensait que les couvercles des boîtes ont été crées pour être soulevés, et les tiroirs pour être tirés en avant.

M. de Varanville ne fermait rien chez lui ; il oubliait sur les armoires les clefs, comme il les eût laissées sur son cœur, si ce cœur avait été un meuble rare et précieux. Or, un beau coffret de mosaïque éveilla la curiosité du groom. Il ne put s'empêcher de l'entr'ouvrir un peu, puis enfin de l'ouvrir tout à fait.

Le comte gardait quelques souvenirs en ce reliquaire,

des boucles de cheveux de ses enfants, un
mouchoir brodé de sa fiancée, Thérèse, enfin,
roulés sur des bâtons, les éventails peints
par miss Sullivan.

Heureux de sa découverte, oubliant
soudain qu'il ne pouvait guère s'en vanter, sans s'accuser, Jean-Louis, alla frapper à la porte de l'appartement de Sibyl.
Il la voyait toujours crayonner
sur des albums, il
pensa lui causer un
véritable plaisir
en lui portant
quelque chose
qui ressemblait à ce qu'elle faisait elle-même.

— Voyez un peu, Mademoiselle, les belles images colo-
riées, lui dit-il. — Il y a des arbres aussi verts qu'en
Normandie, des moutons, des personnes, il y a de tout!
Que c'est beau! Les moutons sont maigres, par exemple,
on dirait qu'ils ne mangent point : pauvres bêtes!

Miss Sullivan resta un instant pétrifiée par la vue de
ses œuvres, puis, obéissant aussi à son premier mouvement, elle vola chez Mme de Varanville, où elle trouva Guy.

Ah! madame, dit-elle suffoquée par l'émotion, si vous
saviez quels bienfaits je dois à votre mari et comment je
l'en ai remercié! Regardez ces éventails trouvés chez lui!
Il me débitait des fables à leur sujet en prétendant les

vendre, en disant qu'on les lui payait très grassement.
C'était faux ! Si ma fortune s'élevait peu à peu, si mon
bonheur s'édifiait, c'était grâce à la charité discrète de cet
homme de bien. Je vous le dénonce.... punissez-le ; mon
cœur déborde et je ne trouve pas un mot !

— Eh bien ! ma chère Sibyl, dit la comtesse qui ne
s'étonnait pas beaucoup des bonnes actions de son mari,
Guy a agi comme s'il m'avait consultée ; — je ne sais si je
me vante, — mais j'aurais voulu reconnaître comme lui
les soins que vous avez bien voulu donner à nos enfants.

— Oh ! madame ! savez-vous ce que j'ai dit à votre mari
à ce moment-là ? — « Le hasard a bien fait les choses ».
Pourquoi ne peut-on reprendre ses paroles, quand elles
doivent vous laisser un souvenir aussi amer ? Je remerciais

les Américains et les Anglais imaginaires qui achetaient
mes éventails, et *lui*, je ne l'avais pas reconnu !

— Ne vous désolez pas ainsi, ma chère Miss, reprit le
comte Guy avec douceur. — Un mot s'efface sur une
ardoise, et rien de mauvais ne peut se graver dans ma
mémoire, car j'ignore la rancune. Rayons les paroles
étourdies ; quant au fait en lui-même, s'il était faux à
l'époque où je vous l'annonçais, il s'est réalisé ces jours-
ci. J'ai en effet vendu vos éventails, non à des étrangers,
mais à des Parisiens pleins de goût, et s'ils sont encore
ici, c'est parce qu'on s'est fié à moi pour leur trouver une
monture artistique. J'ai donc touché une somme ronde,
venue très à propos pour m'aider à payer la moitié d'une
dette contractée envers mon ami M. Desroches. Vous le
voyez, ma chère amie, le bien est comme ces plantes qui
se sèment d'elles-mêmes et se reproduisent à l'infini. Une
graine s'envole sur un mur, une autre sur un clocher, une
autre encore sur le toit d'une maison : la fleur n'est pas
morte et ne peut pas mourir.

— Peut-on savoir qu'elle est l'indiscret qui vous a
initiée à sa découverte ? reprit Mme de Varanville.

Sibyl Sullivan nomma Jean-Louis et en même temps
sollicita sa grâce.

— C'est bien, répondit Guy en riant, on ne le privera
pas de dessert. Pauvre petit paysan, il a agi naïvement et
inconsciemment. On dirait que Loulou fait des élèves dans

17

la maison : deux enfants terribles, c'est peut-être beaucoup pour nous.

L'ancienne institutrice, qui achetait sa corbeille de
mariage à Paris, y prolongea encore son séjour. Mme de
Vareilles était retournée à sa villa, car elle ne redoutait ni
les intempéries de la saison, ni les bourrasques de la mer.
Mme Jousselin ne parlait plus de départ, malheureusement
pour son entourage; son humeur tour à tour sombre ou
aigre, pesait à tout le monde.

Elle vivait dans un continuel état de fièvre depuis qu'elle
avait écrit ses deux testaments. Il eût été plus simple de
les confier à un notaire que de les garder ainsi en sa pos-
session. Il lui fut impossible de s'en séparer. D'autre part,
ni les armoires ni les commodes ne fermaient bien chez
elle. — Le diable soit des meubles anciens, disait-elle dans
son vif langage. Tout y branle comme dans les vieilles
mâchoires; on y ferait sauter une serrure avec une épingle
à cheveux! — Appeler un serrurier, c'eût été s'exposer à
dépenser quelque menue monnaie et à mettre les curieux
sur la piste de son secret. Les deux feuilles de papier
timbré changeaient donc de place, cachées par un esprit
ingénieux, tantôt sous une pile de chemises, tantôt dans
le pli d'une serviette. Et pour se rendre compte de ce qui
pouvait arriver, Mme Jousselin enfermait dans le tiroir,
soit une araignée, soit une mouche, jamais les deux
ensemble, car la première aurait peut-être mangé la
seconde! Si elle ne retrouvait plus l'une de ses prison-

nières, c'est que la prison aurait été ouverte par une main indiscrète.

Depuis qu'elle avait promis à Hortense d'assurer son avenir, elle ne cessait plus de l'observer avec la perspicacité et la défiance d'un agent de police. Tantôt elle se félicitait d'avoir su récompenser ses services, tantôt elle le regrettait. Ces deux femmes aimaient l'argent d'une manière différente : Hortense, arrivée peu à peu à une extrême cupidité, plaçait son avarice dans ses projets lointains ; une avare pure comme Mme Jousselin se bornait à garder son or dans le présent. Que ne pouvait-elle l'emporter dans la tombe !

— Que cousez-vous donc là, ma bonne ? demanda-t-elle une fois à sa servante, en regardant son ouvrage.

— Des chemises de nuit pour Madame : elle en a si grand besoin ! C'est un cadeau que je me permets de lui faire pour son jour de l'an.

Les traits de Mme Jousselin devinrent sur-le-champ plus durs ; en ces moments-là elle ressemblait à quelque vieil usurier soupçonneux.

— N'avez-vous pas calculé que votre *cadeau* vous reviendrait, Hortense, puisque je vous lègue tous mes vêtements ? Vous ne l'avez certes pas oublié. Ensuite, ces

chemises sont beaucoup trop longues : on dirait que vous
voulez provoquer un accident et me faire tomber !

— Oh ! madame, s'écria la domestique avec indignation,
c'est bien mal à vous de me supposer des intentions
pareilles ! Et sa figure grimaça comme celle d'un enfant
qui se laisse débarbouiller à contre-cœur. Elle essayait de
pleurer, d'attendrir sa maîtresse par de fausses larmes, et
n'en trouvait pas.

Elles se boudèrent à partir de ce moment-là. Hortense
n'avait pas l'âme assez criminelle en effet pour vouloir
faire du mal à la vieille dame, même avec cette arme nouvelle, une chemise trop longue, mais il demeurait vrai que
son cadeau était intéressé et que la pensée du testament
l'empêchait de dormir.

Mme Jousselin épiait sans cesse maintenant cette ennemie
à laquelle elle avait donné le rang d'amie pendant tant
d'années. Il lui arrivait de rester entre les deux portières
qui séparaient leurs chambres communes pour espionner
Hortense qui furetait partout, sous prétexte de chercher
du linge à raccommoder. Elle pensait trouver le testament
derrière les tableaux et les miroirs, sous la toile des oreil-
lers et des matelas, dans les cachettes les plus extraordinaires et les plus élevées. Aussi fut-elle très surprise lorsqu'elle vit deux papiers timbrés tomber sur le tapis de
l'appartement, l'un d'une serviette et l'autre d'une chemise
dépliée.

Elle ne put résister à la tentation de les lire. Dans l'un,

on s'en souvient, Mme Jousselin léguait à Hortense Sylvestre
sa maison d'Evreux, son mobilier, ses robes, ses portraits,
et un capital de cinquante mille francs. Dans l'autre, elle
n'accordait à la compagne de sa vie que six cents francs
de rente seulement, une petite maison dont la domestique
connaissait toutes les défectuosités, une collection de vêtements usés et démodés, des portraits qui étaient des cari-
catures. — Rien qu'en lisant ces mots « *six cents francs* »,
Hortense sentit la colère monter en elle, le sang bourdon-
ner à ses oreilles, elle perdit la tête et déchira cet acte
infâme — infâme parce qu'il ne l'avantageait pas assez.
Elle ne comprit la gravité de sa coupable action qu'en
voyant dans le creux de sa main la pièce anéantie. Une
seconde après, elle entendit du bruit, et avec le sang-froid
d'un criminel, elle roula ces fragments déchirés, et les
plaça dans sa bouche, prête à avaler cette boule de papier
s'il le fallait. — Elle tressaillit : la main osseuse de sa maîtresse frappait son épaule.

— Voilà un fait odieux, Hortense !

— Je ne comprends pas bien ce que madame veut dire...
fit-elle en tremblant de la tête aux pieds.

— Je veux dire qu'un de mes testaments a été supprimé,
celui où je ne vous faisais pas riche selon votre gré.

— Ce n'est pas moi qui l'ai déchiré.

— Pourquoi ne dites-vous pas *brûlé* ou *perdu*? Vous
avez tout de suite trouvé le mot juste. Et si vous êtes inno-
cente, qui donc est coupable?

— C'est... c'est le singe de la famille Desroches. On le
laisse rôder ici depuis l'arrivée de Jean-Louis. Madame sait
bien qu'il a pris un billet de cent francs et l'a émietté comme
du pain... on a accusé cette pauvre Céleste, elle aussi...

— C'est le singe !... C'est le chat !... Êtes-vous assez
menteuse, assez impudente ! Si je desserrais vos mâchoires
avec mes doigts, comme on fait avec les chiens lorsqu'on
veut leur faire lâcher un os, mon testament en tomberait.
Voici dans ce tiroir ouvert un petit morceau que vous avez
oublié d'avaler. Je vais vous imiter, moi, et je déchire cette
première feuille qui vous assurait cinquante mille francs.
Voilà qui est fait. Quand j'écrirai mes dernières volontés, de nouveau, j'aurai soin de m'y prendre autrement.

Hortense vit qu'il ne lui restait qu'un parti à prendre,
avouer. Elle ne voulait pas perdre le bénéfice de ses années
de patience et de comédie habilement jouée. L'humilité
est l'étrier de la fortune, et l'ambition cachée en est l'éperon
— elle se fit humble une fois de plus, servile pour dissimuler ses projets ambitieux, confessa qu'elle avait été
folle et qu'elle ne demandait qu'une faveur : « rester au
service de madame ».

— Non, dit sévèrement Mme Jousselin. Je ne veux pas
garder auprès de moi une personne aussi dangereuse.
Vous êtes de la nature de ces plantes inconnues, dont on
ne sait si elles contiennent un poison ou un remède. Vous
arriveriez à m'empoisonner. Je ne consentirai qu'à un acte
de clémence afin d'épargner votre amour-propre vis-à-vis

des domestiques de ma nièce : vous ne parlerez pas de
votre renvoi et vous direz que
vous retournez à Evreux pour
y préparer la maison.

La domestique usa d'un
dernier moyen, elle fit une
scène pathétique. — Madame
ne s'habituerait pas au service
d'une autre, madame serait
grugée par ses parents qui
dilapideraient son héritage.
Elle aurait donc économisé
toute sa vie pour n'être que
le chien du tourne-broche et mettre à point le rôti que
d'autres mangeraient ? Elle termina son discours par une
péroraison sur l'ingratitude des maîtres et par quelques
insolences, ce qui n'améliora pas sa cause.

— Allons ! taisez-vous, lui dit sa maîtresse avec sang-
froid. Nous savons que l'orgueil et la grossièreté se
tiennent comme le pouce et l'index dans une main. Je
n'aime ni les coups de poing, ni les injures ; vous n'ob-
tiendrez donc rien de moi par des menaces. Si, dans la
suite, je veux reconnaître vos longs services je saurai
bien vous retrouver.

Le départ d'Hortense fit peu de bruit en raison du prétexte ingénieux que sa maîtresse sut mettre en avant.
Lorsqu'elle fut loin, Mme Jousselin regretta peut-être une

servante pliée à ses habitudes, mais elle eut assez de fermeté pour ne pas la rappeler.

Comme elle s'ennuyait, elle attira beaucoup à elle Giselle sous prétexte de la *consoler,* mais en réalité pour réchauffer sa vieillesse à ce beau rayon de jeunesse et de gaieté. Entre cette intéressante famille et elle-même elle trouvait beaucoup de points de rapprochements et elle se plaisait à faire parler la jeune fille de sa misère passée, de ses souffrances à moitié oubliées.

— Quoi! vous mangiez surtout du riz et des pommes de terre? C'est donc pour cela que vous étiez si gras et si pâles, votre frère et vous? lui disait Mme Jousselin, avec ce dédain qu'ont les gens maigres pour ceux qui engraissent, et *vice versa.*

— Oui, dit Giselle en souriant; nous ne sentions pas la privation de viande et nous souffrions bien davantage du manque de feu, l'hiver. Nous n'en faisions guère que le jour de réception de maman, car nous ne voulions pas forcer nos amis à geler comme nous. Notre propriétaire habitait la maison et ne perdait aucune occasion de se montrer féroce pour nous. Un jour, tandis que je montais chez nous pour dix sous de bûches, les fagots y compris, elle se jeta sur moi en me disant : — Je vous ordonne de faire une provision de bois, mademoiselle! Il est honteux qu'un locataire n'ait ni charbon, ni vin, ni provisions d'aucune sorte à la cave!

— J'ai connu ces piqûres d'épingle, répondit Mme Jous-

De Fabien à Philippe.

selin. — Et vos amis, avaient-ils de bons procédés pour vous.

— Il y en avait de bons et de méchants, de serviables et d'égoïstes — mais presque tous, ils disaient : — Vous demeurez trop haut ! Quand on habite le cinquième étage, on choisit une maison qui a un ascenseur.

Et la fillette raconta d'autres misères : la même paire de souliers qui servaient à sa mère et à elle, trop grands pour ses pieds d'enfant, deux gants droits (les gauches s'étaient perdus) dont toute la famille se parait, etc...

— Giselle, dit tout à coup Mme Jousselin, voudriez-vous me suivre en province, entrer comme demoiselle de compagnie chez moi ?

Et tandis que la vieille femme pensait à éliminer les siens de son héritage, elle rêvait, avec cet amour de faste qu'ont parfois les avares, d'enrichir Mlle Desroches. Elle aimait changer la destinée des gens, peut-être aussi par esprit de contradiction, étant de ceux qui veulent entendre le cygne chanter et prient le rossignol de se taire. Elle guetta la réponse de sa jeune amie dans ses yeux, avant de la voir passer sur ses lèvres.

— J'ai d'autres devoirs en ce monde que celui de vous suivre, madame, dit Giselle. Depuis la mort de ma mère, je me dois à mon père et à mon frère.

— Vous avez tort de refuser ma proposition. D'un jour à l'autre votre père peut cesser de gagner de l'argent, et moi, je puis vous en léguer.

— Ce serait très mal ! s'écria Giselle, le rouge de l'indignation au front. Vous avez des parents, de bons parents ;
les étrangers ne peuvent prendre leur place.

Mme Jousselin se tut tandis qu'elle approfondissait intérieurement ce problème : — Quels sont les plus désin-
téressés en ce monde, les pauvres ou les riches ? Les uns
ont besoin du nécessaire, les autres ne sauraient se passer
du superflu. Les Varanville doivent rester dans un entourage très luxueux comme le diamant dans sa monture d'or
ou d'argent, tandis que l'âme de ma petite amie Giselle est
indépendante comme une goutte de rosée. Allez donc
monter la rosée en collier ! elle ne se laissera pas prendre
comme les pierres précieuses, décidément plus vulgaires !

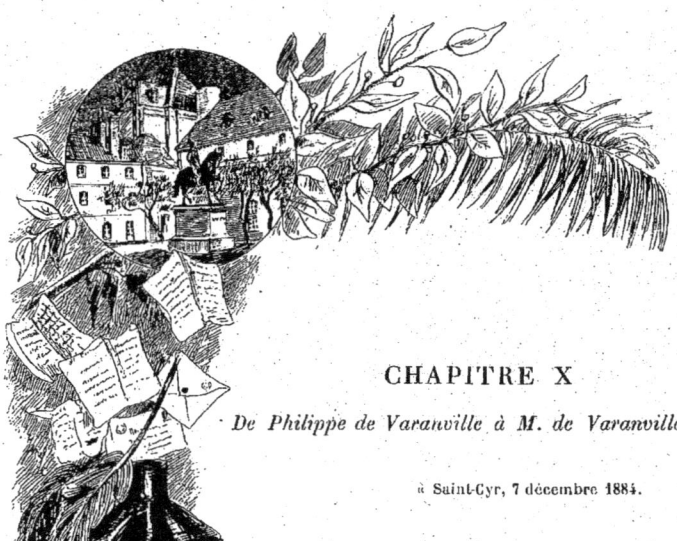

CHAPITRE X

De Philippe de Varanville à M. de Varanville

à Saint-Cyr, 7 décembre 1884.

« Mon cher père, je pense rêver depuis que j'ai quitté la petite chambre que j'occupais chez mon répétiteur, et où j'ai vécu plusieurs mois entre un lit de fer, une table couverte de taches d'encre, une chaise de paille et tous mes livres posés sur le plancher comme dans une bibliothèque renversée.

« Notre Prytanée militaire est un véritable palais, et à l'horizon, quelle belle couronne d'arbres, lauriers verts l'été, lauriers de bronze, l'hiver !

« Que dirait la docte Mme de Maintenon si elle voyait tant de petits soldats où elle avait placé les chères jeunes filles qu'elle protégeait pour les former aux grâces et aux vertus d'Esther ? Laissons en repos la veuve Scarron, et sachez que je suis bien content de mon admission ; vous avez dû l'être aussi en voyant mon nom inscrit au *Journal Officiel*. C'eût été jouer de malheur que d'être refusé dans les conditions où je me trouvais : dix-huit ans, de grande taille, car je puis manger des petits pâtés sur la tête de la plupart de mes camarades — je ne parle pas de ceux qui ont la taille réglementaire de 1^m,54 centimètres, — bachelier ès lettres, rompu à tous les exercices, car mon corps, moins paresseux que mon esprit, est habile à tout ce qui est d'aptitude physique : gymnase, escrime, équitation et natation. Je vous dois cette seconde éducation, aussi utile ici que la première et vous en remercie. Mon seul regret est de vous coûter 1,500 francs par an, sans compter le trousseau ! Si ma grand'tante Jousselin connaissait ces chiffres, elle dirait : Les enfants préparent la ruine de leurs parents, ce sont des vampires, des buveurs de sang et d'or... pourquoi les aime-t-on ?

« Je ne suis pas fat habituellement et vous ne verrez guère passer sur mon visage cette lueur qui signifie : « content de soi ». Eh bien ! je me trouve moins laid dans mon nouveau costume : la tunique bleu de roi, avec collet bleu, la

capote-manteau du modeste officier, le pantalon garance
avec bande bleue.

« Et le plumet, qu'en langage de Saint-Cyrien on appelle
le casoar ! Il est en plumes de coq rouges et blanches et
sert pour la grande tenue ; quand il frémit à mon schako,
il a un petit air très belliqueux, et je suis très embarrassé
quand je veux le regarder en même temps que la jolie botte
qui fait valoir mon pied. Pour se livrer à cet exercice
il faudrait avoir deux têtes comme les personnages des
cartes à jouer...

« Pour la petite tenue, nous avons le képi rouge à bour-
daloue bleu, la veste de drap bleu à une rangée de boutons,
le pantalon garance à bandes bleues, la fausse manche en
toile couvrant la poitrine et portant le numéro matricule de
l'élève.

« On nous demande tant de choses que nos facultés sont
dans un état de surexcitation perpétuelle. Si l'allemand, le
dessin, la géographie m'étaient familiers, vous pensez bien
que l'étude du mouvement des projectiles et le cours de
fortification devaient d'abord m'étonner un peu — pour
me captiver après.

Malgré la diversité et l'abondance de nos études, l'état
sanitaire est satisfaisant ici ; il faut l'attribuer à l'air excellent, à la nourriture saine, à l'équilibre maintenu entre le
travail intellectuel et le travail corporel.

Nous apprenons tous avec joie les règles du tir et nous
nous livrons successivement à la pratique du tir du fusil,

du revolver et du canon. Depuis quelques années, la pratique du tir est complétée par des tirs à grande distance que les élèves exécutent tantôt sur le plateau de Satory, tantôt au polygone de Fontainebleau.

Les cours d'équitation m'enchantent. Les chevaux sont depuis longtemps mes amis ; je n'ai donc pas eu la petite  honte d'être désarçonné devant mes camarades ; c'est à vous, mon père, qui êtes un admirable cavalier et un véritable professeur que je dois ce succès.

Oui, ces nobles animaux n'ont pas eu l'idée de me rendre victime de quelque farce odieuse, de ce qu'on appelle ici les *brimades*, taquineries de début qui servent à former le caractère de la *recrue*.

Car je suis une *recrue*, et j'ai un *ancien* auprès de moi. C'est l'élève de seconde année qui me sert d'instructeur. Je le traite avec un profond respect ; lui m'appelle *melon*, selon l'antique usage.

Pour conquérir son amitié, j'ai dû plonger mon nez dans l'écritoire, ce qui m'a valu ce compliment : — Avant tu n'étais que laid... maintenant, *melon*, tu es horrible! — C'était une brimade. Ne m'a-t-il pas forcé à monter la garde, en chemise de nuit, le soir, devant son lit, sous prétexte qu'il avait des cauchemars et des visions ? Le jeu aurait pu durer longtemps, si je ne lui avais pas aplati la figure avec mon sac, en le réveillant avec fracas pour lui

confier que j'avais eu une hallucination et que je voyais
passer une procession de revenants. Brimé à son tour,
l'*ancien* a cessé de me tourmenter et de se moquer de moi.

« Ce n'est donc pas une vie triste que nous menons, loin
de là. Je vous conterai cela en détail quand nous nous
reverrons. Malheureusement les élèves de première année
ne jouissent de sorties de l'école qu'à partir du 1er janvier ;
c'est loin pour mon impatience, mais il faut se résigner.
J'espère avoir une assez bonne moyenne de notes pour
n'être point *séché* de sortie.

« Je vous le répète, je suis heureux quoique ma pensée
aille au delà de ces deux années et rêve déjà de Saumur.
Espérons que le petit sous-lieutenant de cavalerie sera un
grand capitaine un jour.

« Je voudrais être un héros, ô ma mère, pour être digne
de vous !

« Mettez aux pieds de celle que je viens de nommer mon
cœur blessé, mais mon cœur entier.

« Embrassez mon petit frère. Je ne le verrai plus dormir
et je m'en consolerai en pensant qu'il est guéri, qu'il a
repris sa bonne santé, sa vivacité, sa joyeuse humeur.

« Dans quelques jours j'écrirai à Henriette et à Roger.

« Mes hommages respectueux à ma petite amie Giselle.
Que d'adulations l'entoureraient, que de vers alexandrins
tomberaient en pluie fine sur sa tête si elle était infante ou
archiduchesse ; les courtisans useraient à la complimenter
le peu de cervelle dont la nature avare les a pourvus. Et

18

cependant elle ignore sa beauté et sa grâce ; sa simplicité
est le charme tout-puissant qui attire vers elle. Que de
bonnes paroles elle m'a dites aux heures douloureuses !
Consoler, n'est-ce pas le vrai rôle de la femme ? Giselle
s'en acquitte déjà à merveille avec toute la sensibilité
exquise qui est en elle.

« C'est à vous, mon père, que je dois le peu que je suis ;
que de bonnes choses je voudrais tirer de cet enseigne-
ment moral. L'étude, m'avez-vous dit, est le chemin couvert qui mène à toutes les joies ; sombre au commencement,
il va toujours s'illuminant ; le travail, c'est le repos pour
un esprit inquiet, il fixe sa rêverie. Donc je vous promets
de chercher à m'élever, à m'améliorer, à vous ressembler.
Tout ce qui me rapprochera davantage de votre cœur, je
le tenterai. Vous êtes tout entier dans le mien.

« PHILIPPE. »

Du comte de Varanville à son fils.

« 24 décembre 1884.

« Cher enfant, je te remercie de ta lettre et de la joie
qu'elle m'a apportée un moment. Je ne vois pas arriver
cette fin d'année et le commencement de l'autre sans tristesse. Il y a dans les voiles dont l'avenir s'entoure quelque
chose de si effrayant, de si mystérieux ! Quand on n'est pas
tout à fait malheureux dans le présent, on devrait pouvoir
amarrer le temps comme une barque, l'empêcher d'aller à
la dérive se perdre on ne sait où. La cause principale de

ma tristesse, tu la devines. Tu ne seras pas parmi nous
pendant ces jours de fête.

« J'envie ces bons bourgeois qui promènent des collégiens
dans les rues, et leur donnent des
indigestions de spectacle, de con-
certs et de bonbons. Où vous ver-
rai-je, monsieur mon fils, le jour
de votre première sortie ? Vous
allez me dire en prenant un air fier
et revêche :

— Je ne franchirai jamais le seuil de notre maison, que
si ma mère m'en prie, par lettre ou autrement.

« Et ma chère femme, qui est la meilleure des créatures,
et la plus tenace dans ses idées, me dira en relevant très
haut la tête :

— Je n'écrirai jamais cette lettre ; on me coupera la
langue avant que je prononce une parole de clémence ou
de pitié.

« Et pourtant, j'en suis persuadé, si vous vous rencontriez
dans la rue, vous tomberiez dans les bras l'un de l'autre !

« Quand donc jaillira l'étincelle qui doit mettre le feu aux
poudres ? Ce que je vois de plus clair dans ce différend,
c'est que je passerai cette journée de congé de mon fils en
plein air, avec lui, au lieu de la passer au coin du feu.
Veux-tu que nous allions causer au bois de Boulogne, au
parc Monceaux, au musée du Louvre ou sur le sommet de
la tour Saint-Jacques ? Quelle entrevue originale ! Si j'étais

seul à jouir de ta présence, mon cher enfant, je ne ferais pas
le difficile et j'accepterais n'importe quel moyen de te voir,
de serrer ta loyale main dans les miennes. Mais ta sœur
qui est délicate ne peut te suivre en plein air, surtout s'il
pleut ou s'il neige. Essaye donc de tout concilier. Adieu,
mon cher enfant, je cède la place à ton ami Fabien qui
veut écrire quelques lignes au bas de ma lettre. Je t'embrasse bien fort.

« GUY DE VARANVILLE. »

De Fabien à Philippe.

« Mon cher Philippe, miss Sullivan m'a chargé de ses
souvenirs affectueux pour toi. Elle m'a comblé de joujoux
en partant. Elle retourne en Angleterre où elle a trouvé
un vieux mari et un vieux château, grâce à une branche de
lierre. Son histoire ressemble à un conte de fées. Mme Jousselin ne se souvient pas du tout du jour de l'An et des
petits enfants. Elle parle de s'en aller à Evreux ce jour-là,
je crois que c'est pour ne rien donner à personne, ni à
Paris, ni en Normandie. Tu verras que tes parents la
retiendront pour qu'elle ne soit pas seule le 1er janvier et
exposée à s'ennuyer. A toutes leurs gracieusetés elle
répond par des bourrades; c'est une ortie, un chardon
qu'ils élèvent en serre chaude, car on la soigne, on la dor-
lote comme un camélia. Elle s'est prise d'affection pour
Giselle et l'attire souvent près d'elle, et ma sœur lui rend
beaucoup de petits services.

« Mon père va bien, il est toujours très occupé. Dagobert
s'enrhume souvent et me ruine en pastilles. Il s'est récon-
cilié avec Mirza sans la mordre et ils se sont donné la
patte avec des airs tout à fait distingués. La pauvre
Céleste, toujours sourde comme une potiche (si elle était
là, elle entendrait pouliche) a été voir un médecin auriste
qui ne lui a conseillé aucun remède et lui a fait cadeau
d'un beau cornet acoustique noir. (Etrennes utiles, comme
on dit dans les magasins.)

« Papa, toujours très impatient et très pressé, voudrait
déjà te voir en costume de général. Peut-être irons-nous
tous les deux sur le même champ de bataille, toi pour tuer
l'ennemi, moi pour ramasser les blessés. Je sens bien que
ma vocation est là. Je te quitte, cher Philippe, et te serre la
main; des hommes comme nous ne s'embrassent plus, ce
serait ridicule. Tes moustaches ont-elles poussé, dis !

« FABIEN. »

De Philippe à M. de Varanville.

« 30 décembre.

« Mon cher père, il y a moyen de tout concilier et
d'épargner la délicate santé de ma sœur. J'irai chez nos
voisins et amis les Desroches passer les heures de ma
première sortie. Si la jeune Mme de Vareilles veut bien y
monter, je lui en serai très reconnaissant, puisque je ne
puis aller à elle à mon grand regret. Tous mes souhaits
de bonheur à ma mère, à ma grand'tante, à vous, à Hen-

riette, Roger et Loulou. Ajoutez les noms de Fabien et de Giselle sur la liste. Que la nouvelle année vous soit clémente! Je suis votre fils affectueux et affectionné.

« Philippe. »

Le coup de sonnette que donna le jeune homme, le premier dimanche de janvier où il eut congé, sembla ébranler la maison comme les premières secousses d'un tremblement de terre. Henriette et Louis, ainsi prévenus, s'envolèrent vers le bâtiment habité par l'architecte, sans prendre même le temps de mettre un manteau — et il neigeait affreusement. Mirza aboya joyeusement en reconnaissant le beau cavalier qui se présentait et elle imprima ses pattes entourées de chaussons blancs sur l'uniforme aux fraîches couleurs.

La comtesse quitta son salon d'un pas mal assuré et se dirigea vers la large baie de la salle à manger d'où elle pouvait regarder l'empreinte des pas du visiteur sur la neige.

— Ah! je vous y prends! lui dit Guy, qui l'avait suivie, vous regardez passer votre fils.

— Je... je ne sais pas... quoi de plus innocent, après tout, que de me rendre compte si son uniforme lui va bien, s'il est laid ou passable...

— Eh! bien, mauvaise mère, comment le trouvez-vous ?

— Très beau, assurément, et puis, distingué!

— Je suis de votre avis, vous le pensez bien, ma pauvre Thérèse. Vous n'avez pas remarqué autre chose ?

— Si, — sa moustache pousse.

— Ah ! voilà qui est très bien de la part de Philippe...
seulement il ne le fait pas exprès.

— Qu'il doit être bien à cheval !

— J'en suis persuadé. Nous avons un fils qui est la hui-
tième merveille du monde, nous pouvons le dire en toute
humilité. Si vous et moi nous traversions ce beau tapis de
neige pour aller l'embrasser, hein ?

— Non !

— Vous tenez à vos idées, décidément, même quand elles
ne sont pas bonnes. — Et si je mourais, qui serait le chef
de famille ici, Loulou ?

— Pourquoi me parler ainsi, mon ami ? vous êtes fort et
bien portant.

— Nous devrions toujours songer que la mort est à nos
côtés et nous regarde avec des yeux de convoitise. Cette
grande pensée nous aiderait à vaincre tout ce qui est mes-
quin en nous, nos petites rancunes, nos jugements faux ou
boiteux, nos bouderies, nos vengeances enfantines.

— Vraiment, Guy, vous me faites l'âme noire. Je ne
demande pas mieux que de juger mon fils autrement que je
ne l'ai fait jusqu'à ce jour. Mais, pour réussir à m'arracher
la conviction que Philippe a voulu mettre à exécution des
menaces que j'avais entendues, il faudrait que je lui visse
accomplir une action au-dessus de tout éloge.

— Oh ! je comprends ! si on vous le rapportait du champ

de bataille avec une jambe et un bras de moins, vous con-
sentiriez à dire : C'est un brave garçon.

— Quelle éloquence, quelle chaleur ! Ceux que vous
défendez n'ont pas à se plaindre de leur avocat.

— C'est parce que je déteste qu'on soit un lion dans sa
propre cause, et un lièvre dans celle d'autrui. Ce n'est pas
le cas de prendre la fuite quand on attaque ceux que nous
aimons.

— Si vous continuez sur ce ton, mon ami, notre discussion dégénérera en vulgaire dispute.

— Sur ce point, vous avez raison, Thérèse, et je me tais.
Donc Philippe est mort entre nous, il n'en sera plus
question. Sachez seulement qu'il est vivant dans mon cœur.

Et il quitta sa femme pour aller retrouver son fils chez
les Desroches.

Giselle et Fabien avaient offert de se retirer en voyant
la famille de Varanville entrer chez eux.

— Nous n'avons point de secrets à nous dire, s'écria
vivement le comte, et notre tendresse pour ce grand garçon peut avoir des spectateurs. Vous nous comprenez
d'autant mieux, chers enfants, que vous l'aimez aussi.

Le pauvre Saint-Cyrien avait des poignées de mains
et des regards affectueux pour tout le monde. Ce qui gla-
çait subitement l'entretien, c'était le souvenir de Mme de
Varanville, absente et pourtant si près de là. Pour mettre
à l'aise ses parents et ses petits amis, Philippe prit le parti
de parler de sa mère comme s'il l'avait vue la veille, seule-

ment sa voix se troubla un peu quand il raconta les dimanches passés à Saint-Cyr, la visite des mamans, autorisées
à venir si le « cher fils » n'avait pas mérité de punition.

— Oui, interrompit Loulou, et les bonnes choses qu'elles
apportent s'appellent chez vous le *cornard*.

— Qui t'a dit cela, gamin ?

— Un de tes *anciens*, grand frère.

Philippe s'enquit de Mme Jousselin. Il aurait été vers elle
sans l'interdiction qui pesait sur lui, et il comprenait qu'à
son âge, elle ne pouvait traverser la cour pleine de neige.

Il se la représentait assise au coin du foyer où lui-même
ne trouvait plus place, et présentant ses vieilles mains à
la flamme joyeuse. Il n'en était rien. La grand'tante se
croyait invulnérable et ne prenait pas d'elle-même les soins
exigés par son grand âge.

— L'hygiène est une maladie qu'on se donne tous les
jours, disait-elle. Elle faisait encore sa toilette à l'eau froide
et s'en trouvait bien, mais elle proscrivait le feu chez elle
et en pâtissait : les rhumes et les bronchites se succé-
daient, et elle ne capitulait même pas devant la souffrance,
se contentant de jeter sur ses épaules un manteau de plus.
Mme de Varanville donnait des ordres pour que l'appartement de sa tante fût régulièrement chauffé : Nicolas allumait un véritable bûcher dans la cheminée, puis cinq
minutes après, l'avare l'arrosait avec sa carafe et l'éteignait
sous un amoncellement de cendres.

— Passe encore pour la nourriture trop abondante que

je trouve ici, murmurait la vieille femme. L'estomac se
dilate ou se resserre à volonté ; je reprendrai mon régime
d'anachorète quand cela me fera plaisir. Il n'en est pas
de même de ces habitudes de chauffage que l'on contracte
si vite, et auxquelles le corps, dans sa mollesse, ne demande
qu'à se laisser aller. Non ! point de feu à Paris, car je
prendrais trop vite le goût de cette *dépense inutile*. Le luxe
est nuisible à qui ne veut pas le continuer. Il ressemble
à ces taies d'oreiller brodées qu'on finit toujours par re-
tourner du côté *uni* pour mieux dormir. Non, la vie très
simple, réduite au strict nécessaire, voilà ce qui me convient.

Et, dans son appartement, elle fermait même la bouche
de chaleur du calorifère, comme en bas, chez sa nièce, elle
fuyait le foyer incandescent.

— Quels frileux vous êtes tous, disait-elle, on étouffe
ici ! et elle allait plus loin s'éventer avec un petit éventail
chinois qu'elle possédait depuis quinze ans, et qui, fermé,
était aussi étroit qu'une feuille de roseau.

Et tandis que le concierge de l'hôtel lui-même se rôtis-
sait les mollets devant une grille pleine de coke, Mme Jousselin passait son hiver avec une chaufferette sous les
pieds — haute et large comme la serinette d'un aveugle.

Or, pendant que Philippe parlait de sa grand'tante à
Giselle, Mme Jousselin s'était endormie, le corps engourdi
par la froide température de la chambre, et les pieds doucement réchauffés par les charbons renouvelés dans la

chaufferette monumentale. Dans son rêve, comme dans la réalité, la bonne dame sentit la chaleur monter le long de ses jambes, devenir insupportable : quand elle se réveilla, elle vit ses jupons en feu ; affolée, elle marcha et crut être une torche vivante, portant l'incendie partout où elle allait.

Ce fut à ce moment que Philippe, chez les Desroches, aperçut en face de lui une fenêtre qui flamboyait comme une lanterne vénitienne et comprit ce qui se passait. Son cœur battit d'effroi pour sa mère à laquelle il pensa d'abord et non à Mme Jousselin. Il poussa un cri, descendit l'escalier d'un trait, traversa la cour et entra vivement dans la maison où il s'était promis de ne plus mettre les pieds.

La comtesse ne savait encore rien, elle n'avait pas quitté le rez-de-chaussée. Philippe entra seul dans la chambre de Mme Jousselin, et voyant une masse qui brûlait comme une étoupe, d'ensemble, et brin à brin, il jeta d'abord sur elle un tapis, puis il décrocha une portière et il enveloppa la pauvre vieille femme à peu près comme un nageur sortant de l'eau qu'on entoure d'un peignoir. Il la roula dans cet étau d'où elle sortait ses mains intactes ; la flamme trouait l'étoffe et brûlait les doigts du jeune homme ; puis, remontant, elle s'attaqua à l'une des brides du bonnet de Mme Jousselin, alors Philippe, avec ses dents, tira sur l'autre bride et réussit à jeter la coiffure au loin. Ce fut une lutte désespérée où l'on n'entendit que les cris de la victime ; pas une seconde, celui qui essayait de la sauver ne pensa à lui et ne perdit son sang-froid.

Toute la famille monta, sauf Loulou que la vieille Céleste avait gardé dans sa cuisine. Giselle et son frère regardaient avec horreur, dans cette chambre enfumée, des lambeaux d'étoffes éteints et cette pauvre victime, à moitié morte, à moitié vivante que M. de Varanville et Roger de Vareilles portaient sur son lit. Malgré ses douleurs vives et intolérables, la malheureuse vieille femme trouvait encore moyen de parler..... sa passion dominante était plus forte que son mal même.

— Qu'on me porte à l'hôpital ! criait-elle en pleurant... Un médecin, des remèdes... c'est trop cher pour moi... à l'hospice, tout est gratuit !...

— Mais rassurez-vous donc, ma tante, nous vous soignerons sans qu'il vous en coûte rien, disait Guy en se laissant broyer les mains par la malheureuse. Et il fit un signe à son gendre qui alla chercher un docteur, tandis qu'Henriette et Giselle faisaient des pansements de vaseline phéniquée à cette pauvre martyre.

Dans sa précipitation, Roger marcha sur le bonnet de Mme Jousselin. Elle s'en aperçut.

— Quel malheur ! dit l'avare, un bonnet neuf... puis elle se remit à crier.

Mme de Varanville, ignorant l'événement, n'arriva que plus tard auprès de sa tante. Elle la vit bien entourée, soignée autant que cela se pouvait, sans médecin ; elle vola vers son fils : l'instinct maternel s'était réveillé.

Philippe souffrait, et, ne pouvant se rendre utile, il

s'était mis à l'écart, contenant ses gémissements, que d'ailleurs on n'eût pas entendus, car la plainte de Mme Jousselin s'élevait, toujours plus haute.

— Philippe... mon pauvre enfant, balbutia Thérèse, je ne pensais pas te retrouver ainsi.

— Je vous demande pardon d'être ici sans votre consentement, ma mère, dit-il, et j'aurais bien envie de crier comme ma grand'- tante : qu'on me porte à l'hôpital ! au moins ma présence ne gênerait ni n'affligerait personne. Supportez donc ma vue avec  patience, je m'en irai aussitôt que ce sera possible.

— Oh ! mon enfant, dit-elle en se tordant les bras, ne sois pas cruel pour moi Je t'avais mal jugé, j'ignorais ta valeur et je ne savais même pas combien je t'aimais. Je baiserais tes pauvres mains si je ne craignais d'augmenter leur souffrance... Faut-il te demander pardon ?...

Il jeta ses bras autour du cou de sa mère et pâlit de la douleur que ce mouvement lui avait causé.

— Est-ce qu'une mère dit ce mot-là ? reprit-il fièrement. Je ne supporterais pas de vous voir abaisser devant moi

votre caractère et votre dignité. Ah! comme je vous aimais !
j'aurais baisé la trace de vos pas ! Ne regrettez rien, vous
ne vous êtes trompée qu'à moitié dans votre jugement :
Oui, j'étais jaloux de mon petit frère, vous l'aimiez tant !
mais j'étais incapable de tirer vengeance d'un enfant, c'eût
été lâche et misérable.

— Oui : je le crois, et je n'ai plus douté de toi en te
voyant sauver cette pauvre vieille femme, et risquer ta vie
pour elle.

— La vie est si peu de chose, et le devoir est si beau !
répondit le jeune homme avec exaltation.

— Philippe, dis-moi que tu m'aimes, cher enfant, dit la
comtesse, et je me croirai pardonnée.

— Je vous aime, ma mère, murmura-t-il, les yeux
mouillés de ces pleurs qu'apprécient les femmes, quand
ils sont versés par des hommes dont l'énergie leur est
bien prouvée et qu'elles placent, dans leur enthousiasme,
au rang de héros.

Heureuse réconciliation ! M. de Varanville pouvait s'en
réjouir et s'en attrister tout en pansant les mains de son
fils ; il était pénible de devoir cette lueur de joie à un événement aussi horrible.

— Mais il me semble que ta lèvre supérieure a été aussi
effleurée par le feu ? dit le comte.

— Quel guignon, hein ? ma première moustache ! Le feu
a fait place nette comme un coup de rasoir. Je suis vexé
de l'avoir sacrifiée à une bride de bonnet.

— Tu as sauvé la tête de la pauvre femme par cet acte de sang-froid, mon enfant, il ne faut donc rien regretter, dit M. de Varanville.

La voix de Roger de Vareilles se fit entendre. Il ramenait avec lui un médecin âgé et expérimenté. On le laissa avec la victime et avec Mme de Varanville ; il examina aussitôt Mme Jousselin tout en se faisant un visage impénétrable qui devait dérouter sa perspicacité. Lorsqu'il descendit au rez-de-chaussée, il dut voir les mains de Philippe dont la peau était rouge et soulevée par des ampoules, alors seulement, il donna son opinion sur les deux cas.

— Madame votre tante est perdue, et je crois qu'elle s'en rend compte, dit-il à M. et à Mme de Varanville. Elle est brûlée au cinquième degré et mourra à la fin de la première période : nous ne pouvons qu'adoucir ses dernières souffrances. Ce jeune homme, atteint au second degré seulement, sera guéri au bout de trois à quatre semaines. La pauvre vieille femme que j'ai vue tout à l'heure n'a de vivant que la tête et les mains ; les membres inférieurs et le tronc sont dans un état indescriptible. Il faut lui souhaiter de s'éteindre en dormant et j'ai tout lieu d'espérer que sa fin sera relativement douce. Vous continuerez pour elle les pansements de vaseline phéniquée recouverts de toile gommée, et par-dessus encore, de coton phéniqué.

— Et mon frère, comment le soignerons-nous ? demanda Henriette.

— A peu près de la même façon, madame, soit avec de

la vaseline, soit en entourant ses mains de tarlatane imbibée d'une faible solution de sublimé corrosif. Évitez le contact des doigts qui pourraient se souder et produire une syndactylie accidentelle. Traitez l'épiderme avec précaution — car les papilles de la peau seraient facilement à nu, la brûlure suppurerait et la cicatrice offrirait plus tard des dépressions. Je vous le répète, ne vous inquiétez pas : celui-là a bien mérité sa prompte guérison, et à la fin de sa convalescence — la médaille de sauvetage.

Philippe aurait voulu rentrer à Saint-Cyr, être soigné à cette gentille infirmerie qui est située derrière le petit manège, au milieu des jardins, car il y a du collégien dans tout Saint-Cyrien et il aurait aimé se retrouver parmi ses camarades. Pour le garder, sa famille dut passer par les formalités ordinaires, et écrire au général commandant la place de Paris pour l'informer du fait; celui-ci envoya aussitôt un chirurgien-major de la garnison qui dut constater l'état du jeune homme et l'impossibilité de rallier l'École. M. de Varanville prévint de même le général commandant l'École de Saint-Cyr.

Mᵐᵉ de Varanville, à son grand regret, dut abandonner son fils aux soins d'Henriette et de Roger ; sa place était au chevet de sa parente.

— Ma tante, ma chère tante, lui disait-elle d'une voix suppliante, dites-moi bien toutes vos volontés, afin que je ne néglige aucun de mes devoirs envers vous. Ils me sont chers, ils me sont sacrés.

Ma tante, ma chère tante.

— Je veux voir un notaire dès ce soir, dit Mme Jousselin avec une énergie concentrée qui révélait une fois de plus l'extrême force de son cerveau. — Pendant mon séjour chez toi, mon enfant, j'avais écrit deux testaments... Hortense a déchiré l'un, et moi l'autre... C'est à refaire... J'y ai pensé sans doute, et comme malgré moi, quand je souffrais comme une damnée. — N'ai-je pas levé les mains en l'air?... Je voulais toujours pouvoir signer...

Oh! quand on a du sang normand dans les veines, il en reste quelque chose... et l'on aime l'argent jusqu'à sa dernière heure. — Oui, je pourrai signer, mes doigts remuent, et ils pourront tenir une plume. Mais que c'est triste de mourir une fois sa fortune faite, et sans savoir si les autres en feront un bon usage!

— Soyez en paix, ne vous agitez pas, pauvre tante, mon mari ira chercher un notaire et vous lui dicterez vos dernières volontés. Dites-nous aussi quelles personnes vous voulez cette nuit près de vous pour vous soigner.

— Henriette et toi vous veillerez Philippe. Ah! le cher enfant, je serais une ingrate si je le privais de sa mère. La petite Giselle, seule, me suffira : elle est si douce, si patiente! Si nous avons besoin de secours ou de conseils, elle vous appellera.

Dans la soirée, un notaire suivi de quatre témoins
entrait dans l'appartement de la mourante. Si habitué que
fut maître Mathon aux visages touchés par la mort, il fut
douloureusement impressionné par cette face pâle et grip-
pée. Mme Jousselin avait la peau couverte d'une sueur
visqueuse, son pouls était imperceptible, sa respiration
irrégulière, il lui fallut toute sa force de volonté, pour dis-
cuter ce testament, qu'on ne ferma point, mais dont sa famille n'eut connaissance que quelques jours après son décès.

Maître Mathon parti, Mme Jousselin resta en tête à tête
avec M. de Varanville et lui fit de dernières recommandations, puis Giselle entra et commença auprès d'elle son
office de garde-malade, ne se laissant pas rebuter. Vers
la fin du second jour, Mme Jousselin passa d'un état de
somnolence assez doux, à la mort, presque sans transition.
Elle avait appelé Hortense plusieurs fois, se reportant au
passé, comme le font souvent les vieillards.

Toute la famille l'accompagna à sa dernière demeure,
et l'on parla d'elle avec respect, avec chagrin.

Le testament instituait Guy de Varanville légataire uni-
versel et attribuait 400,000 francs à la fondation d'un asile
pour les vieillards qui serait installé dans la petite maison
de Mme Jousselin, à Evreux, sous cette condition que cet
établissement charitable porterait son nom et que son portrait s'y trouverait placé en trois endroits par elle désignés.

Philippe héritait de 300,000 francs et Giselle d'une somme
égale.

Quant à Hortense, son ancienne maîtresse, très spirituel-
lement, « en souvenir de la comédie d'amitié qu'elle avait
si bien jouée », lui laissait toute sa garde-robe et son mobilier tout entier, « avec autorisation de les vendre ».

Si Giselle fut étonnée de se trouver à la tête d'une fortune,
elle ne le fut pas moins lorsque M. de Varanville, en présence de M. Desroches et des deux familles réunies, lui dit :

— Mademoiselle... pardon, — ma chère enfant,
Mme Jousselin m'a fait promettre de vous dire que si elle
avait légué à Philippe et à vous une fortune égale, ce
n'était point sans une arrière-pensée. Elle avait rêvé
de voir s'accomplir l'union de nos deux familles. Votre
père et moi, nous ne pouvons que désirer que son vœu
s'accomplisse ; mais il n'appartient à personne, et il n'est
dans l'intention de personne d'exercer ni sur vous ni sur
mon fils aucune pression. Seulement nous nous imaginons
tous deux qu'il n'en est guère besoin. Toutefois, comme
vous êtes l'un et l'autre fort jeunes, ce serait folie de vous
demander aujourd'hui un engagement, et folie à vous de le
prendre.

Puis, se tournant vers M. Desroches : — Giselle est à
présent une riche héritière, peut-être ira-t-elle bientôt dans
le monde, assurément elle y fera sensation et...

— Giselle n'est pas vaniteuse, interrompit M. Desroches.

— Enfin, pour le moment nous prenons le livre de *Paul
et Virginie* à rebours. Qui de vous l'a lu ?

— Moi, dit Philippe en souriant.

— Je ne le connais pas, répondit Giselle. Notre pauvre maman se réservait de nous le lire plus tard.

— Paul et Virginie, reprit M. de Varanville, sont deux enfants dont la fraternelle affection va toujours en grandissant. Ils pourraient s'épouser, mais leurs parents, mais la destinée jalouse les séparent. Le malheur et la mort terminent ce livre qui est une idylle et qu'on respire comme une fleur. Ici, mes enfants, vos parents ne vous séparent pas, ils unissent vos mains : ce sont vos propres volontés qui peuvent mettre entre vous la distance d'un océan.

— Il ne faut pas passer à côté du bonheur, dit Giselle. Où trouverais-je ailleurs tant de personnes à aimer, et une mère qui remplacera la mienne ?

— Et quand même dans l'avenir, je rencontrerais des jeunes filles plus belles que Giselle, s'écria le jeune homme, où en trouverais-je une plus digne d'affection.

— Il ne faut pas vous fier à cela, Philippe, dit la jeune fille.

— Giselle sera ma femme, répéta Philippe avec force. Je le veux, je le j...

— Ne jure point! dit le comte sévèrement. Une parole d'honneur peut être difficile à tenir, même pour un cœur fidèle comme le tien. Attendez et espérez, mes enfants.

Quelques mots de conclusion. Philippe et Giselle se sont mariés vers le milieu de l'année 1889 ; le jeune sous-lieutenant et la petite fée sont heureux et il est probable qu'ils le seront toujours, à la manière de M. et de Mme de Varanville, ce bon ménage qui vient de célébrer ses noces d'argent. Henriette a deux babies et les adore. Maître Loulou est sous les verrous; dans un bon pensionnat où on le corrige de ses nombreux défauts d'enfant gâté. Sa mère a eu le courage de cette séparation, elle a pensé qu'il fallait redresser l'arbrisseau et non l'arbre, le petit garçon plutôt que le jeune homme.

M. Desroches est en train de faire fortune. Dagobert est mort d'une maladie de poitrine, admirablement soigné par le futur docteur Fabien. Il ne faut pas que cet événement vous décourage si vous voulez, plus tard, lui envoyer des clients : son premier malade ne pouvait être sauvé.

Mirza a vieilli et perdu l'élégance de ses formes, elle sait

encore faire la « belle » et tenir son bougeoir allumé
entre les dents quand elle va se coucher. Souhaitons-lui
de longs jours et terminons là ce récit : les histoires vraies
sont comme les braves chiens — elles ne sauraient durer
toujours.

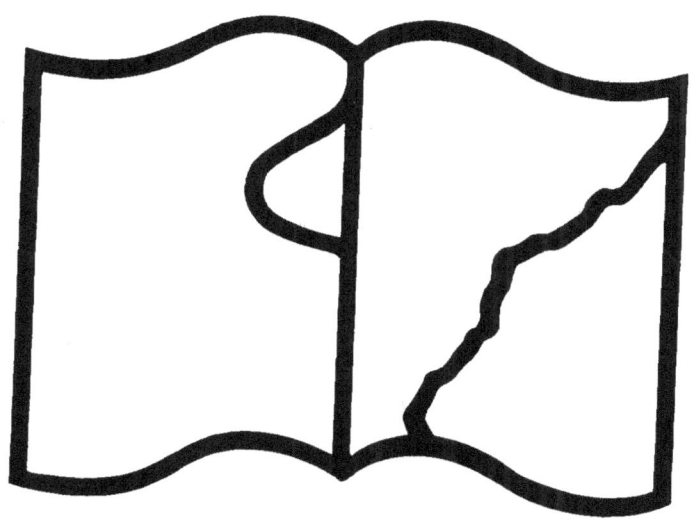

Texte détérioré — reliure défectueuse

NF Z 43-120-11

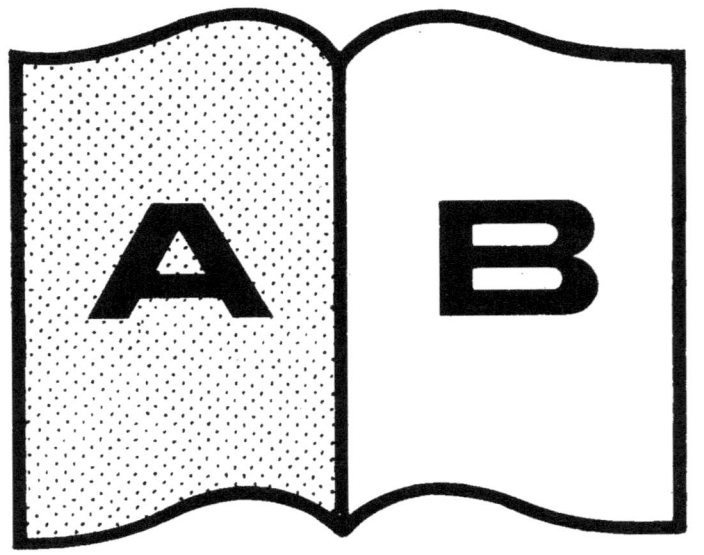

Contraste insuffisant

NF Z 43-120-14